布鲁特斯的心脏

〔日〕东野圭吾　著
赵仲明　译

南海出版公司

新经典文化股份有限公司
www.readinglife.com
出　品

目 录

序　章

高岛勇二经过直美身边时，禁不住打了个寒战。

他停下脚步，打量了一下直美。直美一如既往地面无表情，节奏均匀地舞动着细长的手臂，动作惊人地到位。直美的举止并没有什么反常，看上去和平时一样。

他将目光移向站在直美身边的晴子。晴子负责直美的前一道工序：细小部位的零件装配和焊接。直美的任务则是完成最后的组装。

勇二离开直美和晴子，回到走廊上，开始巡视整条流水线。车间里有些昏暗。其实，那不会影响直美、晴子干活。今晚这些微亮的灯，纯粹是为了勇二开的。没有灯光他无法走动。

这里是第三组装车间，深夜三点时分，三十台机器人同时工作着。它们不需要休息和吃饭，可以二十四小时连续运作。

包括勇二在内，在这个车间工作的只有两人。不过，他们在工作中并不碰面。如果一个上白班，另一个一定是夜班，打在两人出勤卡上的数字几乎不会重叠。

勇二要在这里陪伴三十台没有任何感情的机器人度过漫漫长夜，挨到天亮与对方交接。能见到对方也只有在那个时间段。不过，通常情况下用不着见到对方，只需要将交接的工作内容写进电脑就行了。

他每天下班后换下工作服，回到单身宿舍。在食堂吃完专为夜班工人准备的难咽的套餐，然后洗澡，再看一会儿用事先设置好的录像机录的电视节目，最后躺下。再睁开眼睛时又到了傍晚，吃完难吃的晚饭后去上班。车间里的三十台机器人，依然在那里有节奏地干着和昨晚完全相同的活儿。勇二的工作则是围着机器人巡视一番，发现问题后及时修理，还要为机器人的作业提供零部件。

夜班持续两周，然后隔两周，周而复始，这样的生活他已经持续了一年以上。

已经到了极限，勇二仰视着正在干焊接活儿的高大的机器人咕哝了一句。这个周期的夜班，到今天正好是第十天。要有个人说说话就好了，让我感觉一下自己还是个人啊。

勇二想起了女友。她留着长发，长得让人联想到日本人偶。他与女友几乎每周必见一面。勇二性格很内向，女友和其他女孩相比也属于话不多的人。尽管如此，和女友约会的时间，对他来说才是精神上最好的放松。每次他都会鼓励自己，下周再好好干。

不过，最近的一个星期天因为女友有事无法脱身，没能见到她。无奈勇二只好一个人上街，买了些东西回家。虽说也算换了换心情，但那与同女友约会时的感觉无法相提并论。

已经两周没和女友约会了，这让勇二有些焦虑。自己是夜班，所以也不能打电话给她。

他已经下了决心，结婚后无论如何都要换个工作岗位。尽管还没有将女友介绍给父母，但自己是打算和她结婚的。换了岗位后就能每天在一起了，眼下的工作却无法做到这一点。不过，结婚后的一段时间内她也不会放弃工作，那岂不是还要过两周见一次的生活？他想。

话说回来，其他岗位通常也是两班倒，完全不上夜班似乎不太可能，但总比现在要好些。最重要的是，到了其他岗位上，能和活生生的人在一起工作。对勇二来说，光是这一点就已经很吸引人了，哪怕降一点工资也在所不惜。

“也不知是哪个读书人发明了这些东西，真该让他来试试。”

勇二打量着一长排机械工作者，咂了咂嘴。

蜂鸣声就是在这时响起来的，有异常情况。

勇二听到的蜂鸣声来自他刚才待过的位置。他根本不需要去看与蜂鸣声同时一闪一闪亮起来的灯光，立刻大步向发出故障警报的机器人跑去。声音上微妙的差别都能让他迅速分辨出是哪一台机器人。况且，状况不太好的机器人通常也就那么几台。

“果然是你啊。”

勇二望着晴子嘀咕道。这台机器人的姿势恰好停在从提供零件的装置里取出零件的动作上。出现故障的不是机器人晴子，而是零件供应装置。由于这个车间采用的是多品种少量生产的模式，流水线上传送着各种不同规格的零部件，所以经常发生中途卡壳的事。

零件供应装置停在晴子和直美之间。

勇二一眼望去，果然零件斜着卡住了。他伸手去取，但怎么也取不出来。

“太讨厌了。”

勇二抬起头，冲着晴子嘟囔了一句。

就在这个瞬间，他看到映在晴子身上的直美的影子动了起来。

还没等他回身，也来不及发出叫声，就在他拔腿就跑的一刹那，直美细长的钢手臂狠狠地砸在他戴着安全帽的脑袋上。

勇二顿时失去了意识，倒在机器人面前的桌子上。

直美的手落下，重重地压在勇二的身上。他发出微弱的呻吟声。不一会儿，呻吟声消失了。

几秒钟后，直美发出了故障警报，但没有人出现。

这件事发生在深夜三点。

除了直美和晴子外，其他机器人忠实地持续工作，直到因失去了操作人员而出现各种各样的故障，警报声四起，那是在过了一小段时间之后。

第一章　杀人接力

1

他看了一下仪表盘边的数字时钟，时间恰好从二十三点二十九分跳到二十三点三十分。

也就是说，从名古屋服务区开出之后已经过了一个小时，进入静冈县境内了。

“好快。”末永拓也喃喃自语道。今夜没有遇到事故和堵车。这样大概可以按预定时间到达厚木吧。

到了厚木，将车上的东西移交出去，任务就算完成了，接着只要一溜烟返回名古屋便万事大吉。

拓也将手伸向收音机开关，随即他又打消了念头，将手缩了回来。不能松懈，已经坚持到这一刻了。就只剩最后那么一点点时间，还是保持紧张感为好。若在现在这个当口发生车祸，会让自己身败名裂的。

不光是车祸，哪怕因超速被潜伏的警车逮住也不妙，那样就会在警察局留下今夜在这一带行车的记录。

他看了一下车速表，时速一直保持在八十至一百公里。拿到驾照以来，如此小心谨慎地开车还是头一回，他想。前方见不到其他车辆的尾灯时，猛踩油门的冲动不时袭上心头。他拼命克制住了自己。总之，今夜的目的就是安全抵达厚木。

前面是角度稍大的弯道，拓也将车速降到了最低，谨慎地转动方向盘。后面一辆大卡车在超车道上超了过去。

刚驶过弯道，从行李厢传来了声响。拓也惊得浑身打了一个寒战，紧接着心跳变得急促起来。

他一面注意着前方，一面调整头上的车内后视镜观察行李厢。深蓝色睡袋的位置稍稍移动了一下，应该是拐弯时的反作用力造成的吧，除此之外没有发现什么异常。

“别吓唬我啊。”

拓也撇了撇嘴唇，将镜子推回到原来的位置。后面车辆的灯光打在他的车身上。平时在高速公路上跑这种速度的人也有不少，因此，那辆车就跟在后面并没有超车。

——他们肯定猜不到我车上装的是什么。

他瞥了一下身边的车，脸部抽搐似的露出了笑容。

两周前。

“别开玩笑。”

拓也已经进入了康子的体内，瞪眼望着她。康子双手钩住拓也的脖子，和他对视着。两人都停住了腰部的动作。

“当然不是开玩笑。”

康子有点喘息地说道，口气却是一本正经，沙哑的嗓音比较独特。她的容貌略带异国情调，表情不容易读懂。

“你想说是我的孩子？不会吧。”

他使劲地用了下力，两人贴合得更紧了。康子皱了下眉头，闭上眼睛，又迅速睁开，望着拓也。

“你是什么血型？”

“不记得。”

“你是O型啊。我也是O型血。所以孩子的血型如果是O型，你是孩子父亲的可能性就很大。”

“你交往的男人中不也有A型或B型血的人吗？和A型、B型的人也可能生出O型血的孩子。天知道是谁的孩子。”

康子咯咯地笑了起来。“谁知道呢。”

“别装。你以为我什么都不知道？”

“没这么以为啊。不过，你不知道的事情要多一点。”

“你会打掉吧？”拓也问道。

康子依然面带笑容。

“我要生下来。”她回答得很干脆。

“都不知道是谁的孩子还要生？”

“生下来就知道了。我心里清楚。”康子很自信地答道。

“你想说是我的孩子？”

“谁知道呢？对我来说那也不错。”

“要知道了孩子的父亲是谁，你想干吗？”

“让他负责。”康子的表情似乎在说：“这不是理所当然的吗？”

“要负什么责？”拓也问。

康子睁大眼睛。“有了孩子要负什么责那还用问？”

“结婚？别开玩笑了。我们说好不谈这事的。”

“当然没忘。特别是你，现在是最重要的时期。”康子露出了话里有话的神情，“我只要你认下孩子就行了，不会要求你结婚的。这样可以吧？”

“不就是死乞白赖地要抚养费吗？”

“别用那么没品位的词，这不是我的权利吗？况且和你得到的财产相比，你要付的金额简直是九牛一毛呀。”

“你说真的？”

“当然是真的。”

拓也举起康子的双腿，膝盖抵地，直起身子。阳物开始疲软，但还勉强留在康子体内。他伸出手，两只手掌停在康子的脖子上。“给我打掉。”说着，他轻轻地掐住康子的脖子。

康子脸上的笑容消失了，挺立着的乳房和着稍显急促的呼吸摇晃着。一滴汗珠顺着脖颈滴到拓也手上。

“你想杀了我？”

拓也沉默着，大拇指使了使劲。康子的眼神中掠过一丝恐惧，但紧闭着的双唇依然很有气势。

拓也稍微松了松手。“好狠的女人啊，你是不是要一生缠着我？如果不是我的孩子你就惨了。你听明白了没有？”

“不管你怎么说，我都不会打掉孩子。”康子的脸色又变得轻松起来，红唇间露出一口白牙。“我已经决定了。”

拓也又一次用力掐住康子细细的脖颈。她的两颗眼珠凸了出来，与此同时，她的下身也一下子收紧了。在激烈的刺激下，拓也的阳物再次充血，重新坚挺了起来，开始在康子体内抽送。拓也双手掐着康子的脖颈，身体有节奏地动着。康子微闭两眼，双唇微开。

“你对其他男人也说了同样的话吧？”

康子闻言睁开了薄薄的眼帘，眄视着他，咧开嘴巴冷笑起来，接着露出一脸很享受的表情，嘴里呼出热气。

解决问题必须趁早——拓也望着康子像动物般蠕动的血红双唇，脑子开始转动起来。

2

末永拓也在机械行业巨头 MM 重工工作已经是第九个年头了。

他是研发二科的职员，现在担当的主要工作是人工智能机器人的开发与应用。工作地点主要在位于调布的总部大楼，但每月要去几次位于埼玉县的生产车间。他参与开发的很多机器人在那里干活。

自己被委以重任，拓也这样认为。他不光是个金领，而且是应该成为社会精英的那种人。

尽管他这么想，但他的人生并非一帆风顺，或者可以说正好相反。出生于滋贺县的他，年幼时母亲就去世了，由干泥瓦工的父亲抚养长大。但是，在他的记忆中，父亲完全没有让他感觉过什么是父爱。父亲总是喝得醉醺醺的，为了买便宜的劣酒，甚至不顾廉耻地拖缴拓也小学时的伙食费。工作上他也是懒懒散散，拖延别人的工期是家常便饭。也许是担心生活在这种家庭环境中的拓也，小姨有时会来看他，为他做饭。就像非常喜欢吃小姨做的咖喱饭那样，拓也很喜欢小姨。

但是，很快小姨便不再来拓也家了，因为发生了那件事。

那天拓也放学回家，在家门口听见了屋里有人争吵的声音。他吃惊地打开房门，看到醉酒的父亲正将小姨推倒在地，骑在她身上。见到拓也，父亲就像被扯碎了的木偶那样停了下来，小姨趁机从父亲身下逃出。她整了整被弄乱的裙子，从拓也身边跑出门去。小姨的脸像被打过那样红肿着，挂满了泪水。

拓也绝望地望着渐渐消失的小姨的背影，回过头来注视着双腿盘坐在房间中央的父亲。他不明白父亲的举动意味着什么，但他知道，父亲想要做侮辱小姨的事。

父亲取过酒瓶时感觉到了儿子的眼神。

“什么眼神？”

说着，他用力推了一把拓也。拓也倒了下来，头部重重地撞在柱子上。他捂住疼痛难忍的头部，手上沾满了鲜血。即便如此，父亲也并没有流露出丝毫担心。直到现在，拓也的右耳后侧还留着两厘米长的疤痕。

拓也的少年时代是在对父亲的憎恶和蔑视中度过的。

他每天都在告诫自己，那个男人是个人生的失败者，我绝对不能成为那样的人。

但在拓也上了高中一段时间之后，父亲的态度骤然发生了变化，开始较为努力地工作，也不太喝酒了，还不时露出一脸让人毛骨悚然的笑容，说：“想上大学的话就说，这点钱我会出的。”

拓也当然想上大学，而且目标是东京的一流国立大学。为了提高实力，他克制了除了学习外的各种欲望。

但他压根儿没想过要依靠父亲，打算等到高中毕业后去东京，这样便能在实质上和父亲断绝关系。如果拿到奖学金，外加打点零工，一个人生活应该不成问题。父亲之所以突然改变态度，一定是察觉到了自己的心思。这个心胸狭窄又愚蠢顽劣的男人，到了这个时候才开始担心起自己的晚年。

高三毕业那年春天，拓也如愿考上了东京的大学。学费和搬家费等开支全都靠自己。为了这一天，他从高中时代起就开始打工，存了钱。就在拓也离家的前一晚，父亲似乎想开口说什么。他是想说一些只有父亲才会说的话吗？如果真是那样，一定会令人笑痛肚子的，拓也想。拓也没有理睬父亲，一个人钻进被窝，装成马上就睡着了的样子。

翌日上午，拓也抛下了曾经的一切，坐上了新干线。没有一个人为他送行。透过车窗，望着渐行渐远的家乡，他心里号叫着："自作自受！"他望了家乡最后一眼就再没回头。

进入大学的拓也，同样比一般学生勤奋好几倍。只要能听的课他都去听，并且每门课都获得了优秀的成绩。打工，他主要选择干体力活。他认为这至少有两个好处：既能锻炼身体，又能获得较高的收入。看到那些只是为了泡女孩才来上大学的同学，他觉得他们都是可怜的男人，不能被委以重任。

拓也也谈过几次恋爱，对方几乎都是女子大学的学生。不过，从结果来看，她们都只是满足他生理需求的对象而已。她们有着丰满的乳房和修长的大腿，但拓也想要的那些社会关系却一概没有，都是些平庸的中产阶级家庭出身的女孩。她们既不是银行巨头的女儿，也不是政治家的女儿，而且，无一例外地脑袋瓜不好使。

在考上研究生前不久，拓也接到了父亲去世的消息。

父亲死于脑溢血。听到消息时，拓也的第一感想是："我终于解放了。"他一次都没有回过家，因为那里住着的号称是自己父亲的男人，是拓也最大的心病。他担心如果被人发现自己有这么一个父亲，就连找工作都会受影响。

那天夜里，拓也买了香槟，一个人庆祝好运降临。他甚至笑出声来，心情好得无与伦比。

他草草地埋了父亲的遗体，此后就再也没有去扫过墓。他对末永这一姓氏原本就没有半点感情，所以那个墓地变成什么样他都无所谓。

在读研期间，拓也就参与了 MM 重工的合作研究，课题是新一代机器人的开发。因此，研究生毕业该找工作时，他毫不费力地进了自己心仪的 MM 重工。

进公司后，拓也被分配到研究生期间就有过合作研究的部门继续工作。与其说是一个新入职的员工，他更被视为这个部门的中坚力量。

我走运了，幸运女神眷顾我了——那个时候他这么想。

公司从一开始就对拓也寄予厚望，他也没有辜负公司的期望，干得相当出色。一年一度的研究报告会，他至今已出席了四次，并获得三次第一。他拿出的有关视觉认知机器人的新的设计方案，受到了国内学界的广泛关注，接着他便去了美国，在国际学会上发表研究报告。

毫无疑问，一切顺风顺水。最近，上司似乎也对拓也另眼相看了。他觉得这也理所当然，因为自己的贡献才使研发二科步步向上。

但拓也并不满足于眼前的状况。现在他只不过是比别人优秀那么一点点的"劳动阶级",被人捏在手心里这一点与其他人没有任何不同。

人人平等只是人的幻想而已，这是他自小就有的想法。这个世界到处充斥着不公平和歧视。在出生的那一瞬间，人就已经被分成三六九等了。

总有一天我也会成为最上层的人，成为统治别人的人——这是拓也追求的最终目标。

3

已经能看到富士川服务区了。想停下来休息的念头一闪而过，最终还是直接开了过去。并没觉得很累，暂且忍耐一下，到了足柄再休息吧，他心想。非常准时，没有出一点差错。那不是当然的吗？他自语道。首先，干活的人是我，我当然不会出差错。

他保持着一定车速向厚木驶去。

与仁科敏树相识，对拓也来说也是好运的一部分。仁科是MM重工创始人仁科庆一郎的公子，不仅继承了庆一郎死后留下的巨额财产，还坐上了专务董事的位子。

这个仁科现在将大部分力量投在了拓也所在的机器人开发部。位于埼玉县的新车间里大量使用了自己公司开发的机器人。那是个完全实行了机器人作业的样板车间，而项目的带头人就是仁科本人。

拓也非常想和这个专务扯上关系。无论从实力还是势力上说，仁科成为下一任社长已经是铁板钉钉的事了，而且他很可能在相当长的时间里掌握公司的实权。

不过，普通关系没有任何意义。仁科肯定知道自己的业绩，所以拓也非常希望能和他建立私人关系。

但是，一个普通职员与公司上层之间的接触实在少得可怜。无论采取什么手段都要收集有关仁科的信息，拓也出于这种考虑，将注意力放在了雨宫康子身上。

康子被分配到机器人开发部是在去年春天。在充满活力的新晋员工中间，她尤其引人注目。她身材高挑，眼睛和鼻子长得轮廓鲜明，足以让人以为她是个混血儿，自我介绍时她口齿十分伶俐，似乎很习惯这种场合。

“一个新职员，太老练了吧。是不是当过夜店女郎？”

一些刻薄的职员这样议论她。拓也也有这种印象，但公司似乎将这一点看成是她的长处。研修期结束后，康子被分到了董事办公室，负责专务董事和常务董事们的日常事务工作。

拓也开始接近雨宫康子。

他采取的手段极为简单，看准了康子因加班较晚离开公司的时机，等在她回家的必经之路上。拓也说找她有事商量，能不能一起吃晚饭。康子一时露出了不知所措的表情，她回答：

“那好，去一家我熟悉的饭店。”

她说了一家西班牙餐厅的名字。看来在这种事情上她也很老练，拓也想。

至于为什么找她，拓也单刀直入地告诉她，自己想要有关仁科专务的消息。“消息？”她睁大了眼睛。

“什么样的事情都可以。”拓也说，“比如最近的日程安排，现在最关心的事。”

“日程安排？指的是工作安排吗？”

“可以这么说。不过，我还想尽可能地了解他的私人计划。还有他关注的事情。”

康子闻言，好像看透了什么似的眼珠朝上翻了翻，露出了笑容。

“末永先生，您在想什么？”

“这不会给你造成什么麻烦的。”拓也说，“怎么样？帮我吗？我会付给你相应的酬金。但一个拿工薪的职员能付的钱你也能想象得到吧。”

康子耸了耸肩。“听上去挺有意思。像潜伏。”说着，她露出了一脸坏笑。这样的表情倒让人觉得她还只是个不到二十五岁的小姑娘。

“但不知能不能轻易搞到末永先生需要的情报。我只干点事务性的活儿，并不是专务的秘书。”

“这你不用担心，有关专务的任何情况我都想知道。”

“哦……”康子歪着脑袋想了想，“明白了，对公司第一红人拜托的事我是无法拒绝的。”说着她笑了起来。

那家西班牙餐厅后来成了两人传递消息的固定场所。他们约定好每两周来一次，如果有特别消息，由康子直接联系拓也。起初是一些用不着问康子便尽人皆知的消息，如仁科去海外考察的计划、目前关心的公司项目等。后来有关仁科私生活的信息渐渐多了起来，这也说明康子对自己的工作越来越熟练了。

在康子提供的信息中，第一次引起拓也注意的是有关宗方伸一的消息。

宗方是仁科倾力打造的飞机事业部的研究主任，也是仁科长女沙织的丈夫。沙织今年二十七岁，宗方三十八岁。三年前，仁科看上了宗方的能力，决定将女儿许配给他。

“听说专务选女婿不看重对方的门第，只要具备能将仁科家族的事业发扬光大的才能就行。这也是他经常挂在嘴边的。”

康子手拿酒杯，斜视着拓也说道。最近，两人一起用完餐后还要喝点酒。

“是 MX Ⅲ型给他带来的好运。”

MX Ⅲ型是 MM 重工正在独立研发的以短距离运输机为原型的飞机，它不仅飞跃般提高了节能水平，而且在大幅度缩短飞机起飞和着陆时的滑行距离方面获得了成功。宗方是这一项目开发团队的负责人。拓也与他隶属不同部门，两人从来没有交谈过。

“飞机研发科的宗方非常聪明。”

拓也听说过这样的传闻，也即宗方有着惊人的智慧。从外表上看，他不过是个瘦弱且有点神经质的人。果然人不可貌相。

“宗方先生只是极普通的工薪阶层人家的子弟，所以，专务确实不是以加深和政界、经济界的关系为目的来择婿的。”

“好像是这样。”仁科家族的继承人，拓也心中一次又一次地重复着这句话。

听完康子的汇报，拓也从上衣内侧的口袋里掏出一个白信封，放在康子面前。

“我的一点心意。不好意思，太少了，你只要理解为从今往后还请多多关照就行了。”

康子的视线落在了信封上，随后微笑着将信封推回到拓也跟前。

“每次都让末永先生请客我也觉得很不好意思，所以，这钱我不能收。”

“没有多少，给你添麻烦了。”

“请不用介意，我没有做什么了不起的事。到了末永先生达成目标，不需要我提供消息的时候再送礼物也不迟。”

康子注视着拓也的眼睛。拓也迟疑了一下，拿起信封。

“那好，就用这点钱再换一家酒店。”他提议道。康子轻轻闭上眼睛点了点头。

这天夜里，拓也和康子睡在了一起。康子对自己有好感，拓也早就感觉到了。对他来说，康子也有着来自于性方面的魅力。他之所以一直克制着自己的欲望，是他知道无论以何种形式与同一公司的女子发生关系都是件很危险的事。现在他和康子发生关系，意味着他放松了对她的戒备之心。

那时的松懈，后来让拓也追悔莫及。

无论何时都不能相信别人，这是拓也打小就有的信念。为什么那时放松了戒备，他清楚个中缘由。康子的女性魅力刺激了他的欲望，让他一时丧失了判断力。

等拓也明白和康子发生关系是一个错误时，已经是很久以后了。

在康子提供的消息的基础上，拓也制订了接近仁科的计划，并开始一点点显露成效。工作上他尽力去琢磨仁科的喜好，一有和仁科闲谈的机会，也不会为缺少话题而窘迫。拓也自信，仁科已经充分了解了自己的能力，剩下的，就是要想办法和他建立私交。

那年年末，康子说有要紧的事情告诉他。康子为拓也提供消息已经有半年时间了，每次见面两人都要上床已经成了自然而然的事。

“重大新闻。星子小姐要从美国回来了。”

“星子小姐？是专务的小女儿吧。”

拓也听说过已婚的沙织还有一个妹妹，现在美国留学。

“说是专务让她回来的。你翘首以待的机会来了呀。”康子对拓也的称呼也已经变成“你”[①]了。

“机会？什么意思？”拓也问道。

康子备感意外。“你不会那么迟钝吧。你不是要走宗方先生的路吗？”

“走宗方先生的路？”

经康子一提起，拓也明白过来了。与仁科建立私交是他的目的，那么，与仁科的女儿结婚是再好不过的途径了。只不过星子还是学生，而且也不在国内，所以康子过去从未提及这个话题，拓也也就没有考虑过这种可能性。

“星子小姐要在日本待一段时间吗？”拓也问。

“不是待一段时间，是留学结束了。专务好像在考虑招女婿的事情。”

“招女婿？不是把女儿嫁出去吗？”

“好像过去有这个打算。仁科家族不是已经有继承人了吗？”她的话中夹杂着嘲讽的语气。

康子所说的继承人指的是仁科直树。他是沙织和星子的哥哥，现任职于机器人开发部的开发企划室，职务是主任。他只比拓也大一岁，能坐上这个位子，应该是仰仗他父亲这棵大树吧。

对拓也来说，原本也可以以接近直树为手段。之所以没有这样做，

---

①据日语的习惯，女子称男子为“你”是关系密切或比较随意的表现。

是他判断即便与直树扯上关系也没有多少好处可沾。虽然直树身为企划室主任，但实际上掌管业务的是比他年长的副主任。拓也还听说，喜欢机器人的专务，将自己的儿子也变成了一个傀儡机器人。虽说是仁科家族的继承人，但没有实权的话，接近他也没有任何意义——这是拓也得出的结论。

“专务担心的就是这个公子，”康子说，“按照现在的权力分配，专务肯定会成为下一任社长，但他的儿子那样，仁科家族也安不下心吧。他需要能够辅佐自己的人。宗方先生就是其中一个。”

“专务选女婿的条件是那人要具备能将仁科家族的事业发扬光大的才能，这是你告诉我的吧。”

“他是想再找一个这样的辅佐人啊。”

“他要招女婿，说明他又加强了这一层意思？”

“也许他有这种考虑，不过好像也是星子小姐的愿望。有个人帮她干活，她可以和现在一样不用干任何家务，爱怎么玩就怎么玩。总之，她不想离开现在住的豪宅。”

“听说是栋很大的宅子。”

“听说有几百坪呢。好像专务也为沙织夫妇建了很大的房子。你想啊，住惯了美国宽敞住宅的星子小姐，怎么能忍受那种透过卧室的窗户就能见到别人家晾的衣服的房子呢。”

言之有理、言之有理，拓也不由得叹了口气。他开始考虑摆在眼前的机会。自己没有半点财产、孑然一身，想要一下子攀登上阳光灿烂的顶峰，不应该要有一点野心吗？

“元旦那天仁科家有个例行的新年会，”康子说，“往年都只叫上各事业部部长以上的员工，今年好像要点几个年轻职员参加。对外说是为了加强交流，其实有别的用意。”

"是要挑女婿吧。"拓也说。

康子闭上一只眼。"父女俩要考察一番啊。"

"不错不错。"

"再补充一句，专务心中第一候选人大概是你，他好像让手下的人去了解你的情况了。"

"哦，我是第一候选人啊……"

很高兴，但也算不上意外。拓也有着自己是年轻人中头号人物的自信。依据从康子那里得到的消息而接近仁科的行动应该不算徒劳。

拓也点着头，将加了冰块的波本威士忌一口气喝尽，脑子里一阵发麻。他牢牢地握住酒杯，感到有一股难以自抑的斗志从心底涌了上来。

这就是日本梦啊——他嘟囔道。

4

进入足柄服务区，拓也将车停在远离洗手间的地方。下车之前他先确认了行李厢。东西的位置稍有移动，但毛毯没有散开。夜色朦胧，即便有谁偷觑，也不会知道车上装的是什么。

下了车，确认车门都已上锁后拓也去了洗手间。小便之后终于有了些许安心。也许这种时候是最想抽烟的，拓也想。他上高中的时候也抽过烟，但不是经常。

洗手间外并排放着很多自动售货机，拓也买了一罐速溶咖啡。他边喝边抬头望着天空。没有云的天空布满了星星，这种天气不用担心下雨。看来真的是吉星高照，他想。

做完自我介绍后拓也瞄了星子一眼。她身材娇小，但眼睛和嘴巴很大，脸长得轮廓鲜明。鲜红的裙子掩盖了她身材的缺点。拓也旁边的人已经开始做自我介绍了，星子却盯着拓也，两人的视线撞到了一起。拓也立刻微微动了动嘴唇，星子抬了抬下颚，移开了视线。

她在留意我——拓也确信。

这是在仁科家举行的新年会。正如康子所说，还邀请了几个年轻职员，拓也也在其中。拓也已经在仁科面前混熟了脸，也有着不错的业绩，在被邀之列可谓理所当然。不过，直到正式受邀他那颗悬着的心才算真正落了地。

宴会在一间足有三十叠大小的起居室里举行。各个事业部部长以上的员工从上到下，有序地坐在长长排列的桌子后面，年轻职员则并排坐在最靠边的桌后。

让拓也等年轻职员做自我介绍的是仁科。拓也明白，从表面上看这是一次难得的机会，让他们在领导面前展示自己，但真正的目的是想让席上的星子过目。

不料自我介绍进行得很热闹，一下子将之前的紧张气氛缓和了下来。部长们争先恐后地给仁科敬酒。大概是酒精起作用了，仁科也显得十分兴奋。

拓也见星子离席便也起身，从桌上的花瓶里抽出一枝玫瑰花。他环顾四周，确认没人注意自己后，走出起居室去追星子。星子好像拐过走廊朝茶室的方向走去。进入茶室的话不用担心会被发现。拓也想，她真是精于算计。

宽敞的仁科家虽说大部分已被改装成西式的了，但仍有不少地方保留着老式建筑的模样，带有后庭的茶室就是其中之一。星子站在廊下，望着庭园似乎在发呆。一发现拓也，刚才盛气凌人的表情又重新回到了她的脸上。

“啊，不好意思，”拓也装出一副惊恐的模样，“我上了一趟洗手间，房子太大，迷路了……”

星子冷冷的目光落在正在解释的拓也身上，面无表情。

拓也无奈地露出了苦笑。“我撒谎了。其实我是跟在小姐后面过来的。想和您说说话。”

“一开始就这样说不好吗？”说着，星子的视线重新回到庭园。不过，仍然面无表情。

“确实如此。请问……”拓也压低嗓门，“我能靠近您一点吗？”

星子的表情稍稍缓和了一些，答道：“请。”拓也来到星子身边，略带甘甜的香水味隐隐飘进他的鼻孔。

“您好像有点疲惫。”拓也说着瞥了一眼星子的脸颊。

星子紧闭了一下嘴唇，接着开口道：

“蠢。”

她的声音很小，却很清晰。

“是说我吗？”拓也问。

“你也一样。”星子说，“新年还被叫出来拍上司马屁，还要像傻瓜一样自我介绍。”

“是啊，是啊。”拓也挠了挠鼻翼。

“没有自尊心的人，一点都没有魅力。”

“您很不给面子啊。那如果拒绝今天的宴会，就能让您满意吗？”拓也说。

星子瞬间露出了不知如何作答的尴尬神情，随即睁大眼睛，狠狠瞪了拓也一下。

“什么意思？”

“小姐您才是最清楚的呀。”

星子好像观看珍稀动物般望着拓也。

“你有点与众不同嘛，为了惹我生气特意跟在后面？”

“我没这个意思。只想和您说说话而已。让您不高兴了吗？”

星子没有搭理，再次转过脸去。

“我不知道你听说了什么，但我和姐姐不一样。我不会听父亲的，我的对象会自己找。”

“那很好，我也一样。”

说着，拓也将红玫瑰递到星子跟前。不用说，她一定讨厌自己，拓也想。

星子接过玫瑰，看着拓也眼睛的同时，将花送到鼻尖下。她正要开口，拓也察觉到身后有脚步声。他转过脸去，宗方已经站在那里了。宗方当然也参加了今天的宴会。拓也想，他一定听到了自己和星子的对话，不过从他的表情上是无法判断的。虽然宗方细长的脸给人以神经质的印象，但他在任何人面前都能喜怒不形于色，所以，与长相恰好相反，他让人觉得城府很深。仁科为长女择婿或许也考虑到了这一点。

“星子小姐，专务有请。”

宗方露出一张笑脸。他似乎从不用“岳父”来称呼仁科，大概是习惯吧。

星子“哦”了一声，经过拓也身边打算离开。

她回过头来。“洗手间在走廊一直走到头的地方，别迷路了。”说着，顺手将玫瑰扔进了旁边的垃圾箱。

星子从宗方面前走过，消失在通往起居室的走廊上。

拓也躬身对宗方行了个礼，也准备回起居室。当他经过宗方身边时，宗方喃喃道：

“你的感觉真灵啊。”

拓也吃了一惊，停下脚步。

“我说你感觉真灵啊。让那位小姐注意你的最好办法就是先让她讨厌你。”

拓也情不自禁地看了一眼宗方。他好像并没有要讥讽自己的意思，神情显得冷漠。

“那么，加油吧。”

宗方见拓也一声不吭，便拍了拍他的肩，先行离开了。

新年会的一周后，拓也被仁科叫到了办公室。

“听说你高尔夫球打得不错。”

仁科看了一下拓也，摘下金丝边眼镜。他锐利的目光似乎要看透拓也的心。

“说不上在行，只是有点兴趣。”

这是那天自我介绍时说过的内容。

“打得好不好无所谓，反正是喜欢的吧。我想请你帮个忙。”

仁科让拓也帮忙的是下星期天代他去打一场高尔夫球。他和星子有约在先，但因有急事去不了了。

“我想还是年轻人陪着星子容易玩到一起吧。怎么样？能去吗？”

“如果是这事……”

“非常愿意”这几个字差点儿脱口而出。拓也预料到为星子选婿的事还会继续，但出乎意料的是，机会竟然以这种方式光顾自己。

“还有其他人吗？”

应该不会只是他和星子两人玩高尔夫吧。

“已经定下了。你也认识吧，一科的桥本。”

桥本——

拓也几乎要咬到自己的舌头了。桥本也是那天应邀参加新年会的年轻人之一，他比拓也晚一年进公司，但因开发高端机器人等工程已经小有名气了。圆滚滚的身材，加上一张娃娃脸，在拓也的印象中他是个缺乏男人味的人。

“还有一个人，宗方也和你们一起去。他高尔夫球玩得相当不错，你和他比试比试。”

“宗方先生也……”

这场高尔夫，可真不能掉以轻心啊，拓也想。

打高尔夫球那天万里无云，尽管已经是一月份了，但丝毫感受不到冬天刺骨的寒冷。星子穿上了即便是高尔夫职业选手都会自叹弗如的高尔夫球衣。一见到拓也，她打量道：

“听说你技术精到，让我好好见识见识。”

拓也苦笑着说：“不是为了让我见识一下小姐在美国练就的技术才叫上我的吗？”

“让你见识？没开玩笑吧？是我爸爸自作主张叫上你的，别自作多情了。”

说着，星子往桥本身边靠了靠，变成了与刚才对着拓也时完全不同的笑脸。桥本一脸羞涩。

开始打球后，星子对拓也的态度也没任何改变。她和桥本说话时显得格外亲热，而对拓也则是粗声粗气。原因之一大概是她很不乐意拓也的得分竟然超过自己吧。

“她对你好像非常在意啊。那种态度正好说明了这一点。”

回到室内后，宗方在拓也的耳边嘀咕了几句。

“不会吧？新年会的时候她也完全没有理我呀。”

“这是那种小姐的做派。你不会不知道今天的高尔夫是专务特意安排的吧。”

“差不多吧。”

“不错，是专务点名叫上你的，她要真的不喜欢你不会不吭声。来这里的路上她一直在提你。尽管都是些坏话，什么那种狂妄的男人让人无法忍受之类的。”

“我狂妄吗？”

“显然，其他年轻职员是冲着她的美貌来的，只有你好像另有企图。这一点她很清楚，所以故意刁难你。”

说着，宗方抿嘴一笑，赶着去玩下一场球了。

一局过后，四个人来到高尔夫俱乐部的餐厅用午餐。上午的成绩，宗方和拓也得分相同，并列第一，星子排第三。声称刚开始玩球的桥本，因为气温太高的缘故，已是大汗淋漓。

午饭后，拓也在前台看报纸，星子坐在边上。

“怪不得自我介绍时说得挺得意的。技术不错啊，玩很长时间了吧？”

这是早上以来星子第一次主动和拓也说话。

“我三年前开始玩的。练得比较勤。”

“也是为了往上爬？”

星子瞪大狐疑的眼睛凝视拓也，拓也并没有正面回答她。

“小姐也很了不起啊，好像很擅长打长距离球场。”

拓也转了话题。星子摇了摇头。

“今天打得最差了。不玩了，我想回家。”

星子不高兴地说着，起身快步离开。

下午玩到一半时，宗方又凑到拓也跟前。

“我要忠告你几句。”

“请说。”

“你的目标不能只是星子。不错，让专务看上你至关重要，但还有一个很难摆平的对手。”

“您说的是企划主任？”

拓也眼前浮现出仁科直树的脸。宗方点了点头。

“不管怎么说，他是仁科家族的继承人。与其说是为小姐招女婿，不如说是为仁科直树选一个忠实的家臣更为确切。”

“宗方先生，您已经合格了吧？”

拓也看着宗方，眼神中带着嘲讽。

“可以这么说吧。托你的福，我已经得到了稳固的地位。不过，也只能永远待在幕后。”

毫无疑问，他的意思是自己在为直树当幕僚。

“您好像挺不满的。”

“虽说有点，但也只能认命了。你也一样，有野心没错，在这一点上还是要做好思想准备。尤其是当上门女婿。”

“多谢赐教。”

拓也说话的时候，星子发了一个球。

宗方说得应该没错，在为星子择婿这件事上直树很有发言权。说不定他真是一道难关，拓也想。

五天之后。拓也回到公寓正在更衣，电话铃声响了。电话那头传来星子的声音，拓也下意识地捏紧了拳头。

“打了好几次电话，你回家好晚啊。一直在公司？”

听上去像质问。拓也看了一下时钟，刚过十点。

“我吃了晚饭才回家的。那天邀请我打高尔夫，非常感谢。”

“用不着来那些客套。你现在能出来见我吗？”

“现在？”

“我说了现在。我半小时就到。你换了衣服在楼下等我。”

拓也还来不及回答，电话就挂断了。

拓也照指示在楼下等候，一辆白色保时捷停到他跟前。坐在驾驶座上的星子用下巴示意了一下副驾驶座。

拓也赶忙上车。

“您要去哪儿？”

星子直视前方，并没有要回答拓也的意思。拓也不再追问，靠在座位上。

保时捷驶上了中央高速公路。拓也伸手取过通行卡，放在星子面前。此时，他闻到了一股淡淡的酒气。

“小姐，您喝酒了吧？”

星子注视着前方，用右手的大拇指和食指做了个差不多十厘米宽的手势。

“什么意思？”拓也问道。

“喝了这么多白兰地。”

拓也瞪了星子一眼。

“您开什么玩笑，小姐！请靠边停下，我来开车。”

星子沉默不语，突然猛踩油门。车速表上的指针一下子跳了上来。拓也的后背感到一股冲击力，腋下冒出了冷汗。

“小姐。”

“闭嘴，不要对我指手画脚。”

说着，星子再次提速。旁边车道上以时速一百公里行驶的车辆被迅速抛在身后。拓也默不作声，两眼不停地观察着前方和星子的脸颊，他做好了思想准备，一旦发生什么意外便立刻做出反应。

“末永先生。”星子开口了，但没降速，“你不是想和我结婚吗？”

拓也没有立刻作答。

“是不是啊？”星子生气地追问。

“是的。”拓也回答。

星子点了点头，表示明白了。

“你爱怎么想，想得到什么，那是你的自由。哪怕你不自量力。”

拓也沉默不语。

“为了达到目的，你要讨好我父亲，这也是你的自由。只有一点，你不要对我哥哥摇尾乞怜。那人和我的将来没有任何关系。”

“我不想对人摇尾乞怜。只是，我也不能完全不顾及他。”

“行了，你完全可以忽视他。”

“那恐怕……”

拓也正要解释，星子将方向盘打往左边，保时捷驶上行车道，从内侧超过了前面的小车后，又打了个急转，回到了超车道上。

“太危险了，您还是降点速度吧。”

“我说了不要对我指手画脚。听明白了吧，别理我哥。我不知道别人对你说了什么，我的对象，我只为自己找。我不会为了那种人找对象。顺便把话说在前头，仁科家族的继承人并没有指定就是他，你不要搞错了。”

星子似乎对为了辅佐直树而为自己和姐姐找结婚对象这件事非常

反感。大概今天在家里为这件事闹得不愉快吧，不然也不会在这个时间来找自己，拓也想。

不过，拓也感到在这种时候被当作撒气对象叫出来，也算是自己期待的结果吧，这意味着自己在星子心中变得越来越重要了。

保时捷又行驶了一段时间后，星子的情绪似乎平静了下来。下了高速公路后，汽车驶上了回东京的车道。星子将速度降了下来。

经历了这一晚之后，星子便经常叫拓也外出。不过，他们既不一起吃饭，也不去喝酒，基本上就是拓也陪着星子购物，或者帮她开车。有时星子和朋友去跳舞，拓也就一直在车里等着。

两人的关系变得越来越密切，这一点倒是实实在在的。拓也感觉进展得有点太顺利了。

正因如此，康子突然发难让拓也感到措手不及。

5

拓也至今也没有完全弄明白，康子为什么不愿意打掉孩子。他觉得，生下孩子对康子来说并不是那么有利可图。反言之，大概也正是出于这种感觉，自己才一直保持着与她的关系。

但康子坚持要生下孩子，并口口声声让拓也负责。当然，这是有条件的。“如果是你的孩子的话。”她说。

康子是否与别的男人发生过关系，这一点拓也并不清楚，所以他无法判断她肚子里的孩子是自己的这一可能性究竟有多大。

但是，拓也认为，即便不是他的孩子，康子怀孕、生孩子这件事对他都是不利的。因为这很可能会让他与康子的关系曝光。

绝不能让这种事情发生，绝不。拓也明白仁科星子的自尊心有多强。如果他与康子的关系被公开，不但与星子结婚的事会泡汤，就连他在 MM 重工的地位也会一落千丈。

因此，拓也在与康子做爱时产生了掐她脖子的冲动。如果可能，不如就这样掐死她了事。

必须尽快下手，他想。可是一时也想不出什么对策，日子就这样一天天地过去了。

就在拓也深感焦虑的时候，仁科直树将他叫到了办公室。

仁科直树名义上是开发企划室主任，但实际主持工作的却是姓萩原的副主任。因此，迄今为止拓也来开发企划室参加会议的时候，只和萩原交谈过。萩原已经在公司干了十七年，熟知公司业务，而直树不过是仰仗父亲的权势坐到了主任的位子上。也许他本人也意识到了这一点，几乎整天把自己关在企划室隔壁的房间里不露面。

拓也走进直树的办公室时，前些天在高尔夫球场遇见的桥本敦司已经先到了。看来是为了星子的事，他想。

“都到齐了。”

直树望着拓也站了起来，用手指了指旁边开会用的桌子。桥本坐了下来，拓也挨着他落座。直树对办公室里唯一的部下说：

“中森小姐，你先出去一下。”

姓中森的女职员轻轻答应了一声，起身走了出去。至多是个主任专用办公室，还配着一个类似秘书的职员，这也是仰仗仁科家族的权势吧，拓也再次这样想，两眼目送着中森渐渐消失的背影。

“那就……开始吧。”

直树在拓也和桥本对面坐下，双手交叉着放在桌上，低下脑袋，思忖该怎么开口。他的脸虽说有些阴郁，但轮廓清晰，算是帅哥型的容貌吧。拓也听很多女职员称赞直树长得帅，看来所言非虚。

“我还是不拐弯抹角了。”直树考虑了一下后开口道，“我就单刀直入了。”

拓也和桥本一起点了点头。不用说，一定是为了星子的事，二人不约而同地这样想。

“把你们找来不为别的，是为雨宫康子怀孕的事。”直树说。

拓也一时不知该说什么，只是注视着直树端正的脸。桥本也愣住了。直树似乎对两人的反应很满意，嘴角露出了一丝微笑，但眼神全无笑意。

“很吃惊吧？也难怪，我第一次听说你们也是康子的男人时，吃惊得差点跳起来。”

“你们也……”拓也说着，抬头望向直树，“这么说，主任您也……”

“不错，是那么回事。”直树说。

这是个什么女人啊，拓也的眼前浮现出了康子的脸。接着，拓也将视线转向桥本。桥本也同样看着拓也，耸了一下肩，轻轻摇了摇头。

“太吃惊了。虽然我知道她有别的男人。”

“我查过了，就我们三个。”

接着直树说出了原委。原来康子几乎同时对直树和拓也提起怀孕的事，说的内容也相差无几。直树让她打掉孩子，她无意服从。拓也想，应该大致不差吧。

“说实话，伤透脑筋。”直树苦笑着说，“所以，我首先想到的是查一下其他男人。我知道康子与别的男人也有交往。”

“您雇侦探了？”拓也问道。

“没有，我跟踪了康子。既累人又好玩。一开始怎么都找不到她和其他男人约会的迹象，有点着急恼火。”

直树看了一下两人。“桥本应该是上周四，末永是上周二和这周三和康子约会过。没错吧？”

“主任您是周一吗？”

拓也半开玩笑地说。

“那当然。上周五和这周一。”

直树平静地答道。

“虽说时间各不相同，但和她约会的人只有我们三个。”

“真有耐心啊。”

桥本用发自内心的钦佩语气轻声说了一句。

“那是因为我太闲了。”

“所以，”拓也说，“您查到了我们。您准备怎么做？您想搞清楚谁是孩子的父亲吗？”

“那是再好不过了。但那几乎是不可能的。你们谁能肯定不是自己的孩子？我先声明，我不能。也许我是孩子的父亲。”

听直树这么说，拓也和桥本都不出声了。直树满意地点了点头。

“坦白地说，我觉得事情很糟糕。如果是我的孩子，那个女人恐怕一辈子都会要求高额抚养费。再说，发生了这种事，作为仁科家的长子，我在公司的地位就保不住了。”

“为了防止这种事情发生，只好忍气吞声和她结婚吗？”拓也说。

“那女人要的大概就是这个，但这不可能。”直树看着拓也和桥本，“我想知道，你们做了怎样的心理准备。如果你们中的哪个是孩子的父亲，打算用何种方式来承担责任？”

由于直树的目光先落到自己身上，拓也便开口道：

“说实话，我很为难。”

“说得是啊，还有个星子夹在中间。就算不是你的孩子，因为这事让人知道你和康子的关系也十分不利。”

直树的唇角轻轻翘了一下，又将视线转向桥本。

“你怎么样？”

“我也一样。”桥本答道，“说实话，对星子小姐选对象这件事我已经退出竞争了。但除此之外，好不容易走到今天，我不想就此毁了前程。”

“那，怎么办呢？”

“怎么办……”

桥本含糊地重复道。

直树点着头，猛吸了两三口烟。拓也望着烟头上袅袅升起的白烟，等着直树说下去。

“我想，你们也考虑过吧。”

说着，直树又停了下来。拓也和桥本一声不吭。直树闭上了眼睛。“我一直在考虑，如果康子死了，对大家是不是最好的……”

坐在拓也身边的桥本，喉咙里发出了奇怪的响声——是咽唾沫的声音。

沉默了片刻，直树将吸得很短的烟蒂在玻璃烟灰缸里掐灭。

“她死了的话对我们中的任何一人都是最好的……”直树重复了一遍之后注视着两人，“你们没这样想过？”

拓也瞄了一眼桥本。比自己小一岁的桥本将手放在额头上，一动不动。他明白直树的意思，所以不能随便回答。

“我已经想好了一个计划。”直树说，“我不明说想必你们也明白。这个计划需要你们帮忙。不不，这种说法不太好。应该说没有三人的通力合作是无法办到的。不尽快下手的话，事情会变得一发不可收拾。”

拓也和桥本还是一语不发。不一会儿，直树又开口了。

“今天就到此为止吧。”

他靠在椅子上。“你们需要些时间考虑吧。我已经订好了宾馆的房间，后天晚上我们再开个碰头会。我想你们也清楚，已经没有时间了，请记住。”

他用低沉的声音最后叮嘱了一句。

这天夜里拓也在自己的房间里对直树的提议进行了一番梳理。直树已经下定决心了。不过,即便他不说,解决问题的办法也只有这一个，拓也想。

只有杀了康子。

这是摆脱目前困境的最有效的办法。

拓也还想过制造突发事件使康子流产。但是，那样做的话，难保康子不闹起来。

只能杀了她，拓也想。不能为了这么一个女人毁了前程。

暂且将康子放在一边，拓也又开始琢磨直树这个人。虽然对直树和康子有染感到有些意外，但直树把自己和桥本召集起来共谋此事却让拓也对直树的印象产生了一百八十度转变。原以为他是个什么都干不了、只会把自己关在与世隔绝的办公室里的无用之辈。

一次很独特的机会让人对直树刮目相看，这是拓也真实的感想。

与直树共享一个秘密，对拓也来说非常有利。如果有他帮忙，自己与星子的事情也会进展得相对顺利。

问题是桥本，这个人究竟是否可靠？不，首先是他有没有勇气谋杀康子？

如果是一块绊脚石，只要铲除就行了——这一念头掠过拓也的脑海。当他察觉自己居然将杀人看得如此轻巧时，不禁摇了摇头。

两天后，三人如约来到市内一家宾馆。这间双人房中，放着一张桌子和两把椅子。拓也和桥本坐在椅子上，直树则坐在床上。

“yes 还是 no？大家有没有下定决心？”直树注视着两人。

拓也用眼角观察桥本，桥本轻轻点了点，于是他也点了点头。

“好。说实话，我原本考虑如果你们还犹豫不决就用不着回答了，请你们立刻离开。”

直树说着拿出一副扑克牌，给拓也和桥本各发了一张。他们看了一下，是王。接着，直树将剩余的扑克牌送到拓也跟前，让他随意抽一张。

“什么意思？”拓也问。

“用这个方法说出你们的答案。”拓也答道。

拓也没再追问，侧身挡住桥本的视线，抽出一张牌。黑桃 K。接着，桥本带着一脸费解的神情抽了一张。

“好了，接下来是决定命运的时刻。”直树说着，取出一只白纸做的小盒子。“yes 的话，把王放到盒子里，no 的话，放另一张牌。都是王的话，这件事就定下来了。如果其中有一张不是王，我们的商议就到此为止，康子的事情大家各自解决。”

想得周到，拓也不由得钦佩起直树来。采用这个办法，哪怕这件事没成功，直树也不知道谁投了 yes，谁投了 no。而对拓也和桥本来说，即使投了 yes，他们俩也不知是谁投的。

拓也确认了一下手中的牌，投入盒中。接着，桥本也将牌投了进去。手中的另一张牌和其他牌放在一起，一遍又一遍地洗，直到大家都满意了才停下。

“现在揭晓结果。”

直树为了不让两人看见，在盒子里查看了两张牌。拓也凝视着直树：他瞬间皱了皱眉，接着抬起了头。

“不幸的结果。”直树说，“不过，这是对雨宫康子而言。我们的意见完全一致。”

他翻开那两张扑克牌。

最好的办法是不被怀疑，直树说。即与康子的关系不被其他人发现。

“这一点本人很有把握。”桥本轻轻扬了下脑袋，“我一直很小心谨慎，应该没人知道。”

“你想得太简单了，事实上，主任不是知道我们两个人了吗？”

“我们是一丘之貉，所以我可以告诉你们。但确实像末永说的，不能掉以轻心。而且，也难保康子没对人说起过。”

“对这一点，现在说什么都已经晚了。”拓也说。

“说得不错。所以我们必须想一个万全之策。”

直树取出一张 A4 大小的纸，用圆珠笔写下了“不在场证据”五个字，并在字下面画了两道线。

“一旦和案子扯上关系，警察一定会调查我们。如果能证明当时不在场就消除了嫌疑。如果不能证明，他们会一直缠着不放。”

“您想在时间上做文章吗？”

桥本用手帕擦着额头问道。额上并没有出汗，大概是他过分紧张时的习惯动作吧。

“如果有一趟警察不知道而我们知道的火车就好了，遗憾的是没那种火车。”

“不过，还是可以想象一下的。”

拓也凝视着似乎很有信心的直树说道。直树点了点头。

“警察首先会考虑是单独犯案还是另有同伙，他们根据经验来作判断。可我们是三个人，可以做文章。”

“怎么做？”

“接力！”

“接力？”

“不错。尸体就是接力棒。”

直树在纸上写上“东京　厚木　名古屋　大阪”，每个地名之间都空出一定的间隔，并在“大阪”上打了个叉。

“在大阪杀了康子。但是，发现尸体却在……”直树手里圆珠笔的笔尖经过名古屋、厚木，停在东京，“大约五百公里以外的东京。”

拓也重重地吸了口气，望着桥本。桥本两眼紧盯着纸面。拓也慢慢将气吐了出来。“请解释一下。”他对直树说。

直树又加上了A、B、C三个字母。

“A、B、C代表我们三个人。计划实施当天，A在大阪，B在名古屋，C在东京。首先，A杀了康子，假设是在晚上六点半。在这之前，A要准备一个六点半之前不在现场的完美证据。”

直树在“大阪”两字的旁边写上：“六点三十分，A在大阪杀了康子”。

“然后，A将尸体装上车，运到名古屋。A在名古屋车站附近的某个地点，假设在X这个地方扔下车辆，坐新干线返回大阪。顺利的话，刚过九点，最迟可以赶上九点半的新干线，十一点之前能抵达大阪。A要尽量创造机会遇到一个第三者。这样A不在场的空白时间就在六点到十一点之间。”

直树停了下来，像是等待两人的反应似的抬起头来。拓也嘴上没应，但轻轻点了点头。

“接下来是B。”直树的圆珠笔落在“名古屋”上，“B要事先制造一个十点之前的不在场证据。然后去 X 处，开上 A 扔下的车，进入东名高速公路，开往厚木服务区。到达厚木大概是在凌晨两点。出了厚木服务区之后，去事先说好的地点，暂且假设是 Y，C 已经在 Y 处等着了。”

“C 怎么去 Y？”拓也问。

“当然是开车。”直树回答，“把尸体移到那辆车上。然后 C 往东京方向，B 返回名古屋。”

“B 太辛苦了，要开六个小时的车。”桥本说。

“B 最轻松了。”直树当即否定了桥本的话，“虽说时间长了一点，但只是开车而已。A 必须亲自下手，C 还要完成处理尸体那样的重要任务。”

“要让尸体在什么地方被发现呢？”拓也问。

“哪儿都行。尸体被发现的时间越早越好。那样比较容易推定死亡时间。”

也就是说，既然制造了不在场证据，康子被杀的时间越准确越好。

“让我整理一下。”桥本说。

他有这种习惯，在会议进行到一半时要求让自己整理一下之前讨论的内容。

“我还没完全想好细节。死亡推定时间，最好留有一些幅度。按您的计划，应该是五点到八点之间最合适。警察会按这个时间来调查，问五点到八点之间你在哪里。”

“这种情况下，B 和 C 当然能很轻易地回答出来，用不着说谎，事实上我们已经准备好了不在场证据。”

“A 应该怎么回答呢？六点之前已经有了不在场证据，但之后直到十一点完全是空白的呀。”

“A 在大阪。尸体是在东京发现的。”拓也抢在直树之前说道，“要在五点到六点之间赶到东京杀了康子，再回到大阪是做不到的。”

直树点了点头表示赞同。

“也就是说三人都有不在场证据。但前提是警察没有发现这件事有 ABC 三个同伙。”

“还有个很大的问题。”拓也说，“究竟谁来承担 A 的角色。谁都不想成为直接的凶手啊。”

“话虽如此，但必须有人干。”

“还有一点，就算 A 按计划杀了人，也不能保证 B 和 C 能很好地完成接下来的任务。恕我多虑，我的意思是 B 和 C 完全可以将责任推到 A 头上。即使 A 被警察抓住了，B 和 C 也可以说共谋杀人的事情都是 A 一个人编出来的。”

“原来是不信任另外两人啊，这也不是不能理解。这么大的事，还是得有一个形式，让大家都脱不了干系。”

说着，直树取出一张纸和红印泥。“我看这样吧。在定下承担 A 任务的人之后，他先在这张纸上写‘我们三人共同谋杀了雨宫康子’，然后按上指印。B 和 C 在边上签名并按指印。算是一种联合署名的方式。这张纸由 A 保管。这样无论 B 还是 C 都无法出卖 A。”

直树抬起头来，像是在问：“还有问题吗？”

“那……”桥本开口了，“那，到底谁来承担 A 的任务呢？这也由主任决定吗？”

直树望着桥本。

“我说你来当 A，桥本，你能同意吗？”

直树问道。桥本睁大双眼摇了摇头。

“这不就是吗。我先声明，这件事的分工和在公司担任什么职务没有任何关系。我们应该公平地做出决定。”

直树又取出刚才用过的扑克牌。

“我们每人抽一张牌，抽到大牌的优先决定想要承担的任务，你们看怎么样？”

拓也稍稍考虑了一下。“可以。”他回答。桥本也点头同意。

“不过，能不能让我先检查一下扑克牌？”

拓也说。直树隐隐地歪了一下嘴角，将扑克牌送到拓也跟前。这副牌和普通扑克牌没什么不同。拓也又将牌递给桥本。桥本也仔细地检查了一下，交还到直树手中。

“二位对扑克牌没什么异议吧？”

直树反复洗了几次之后，将扑克牌放在桌上。他轻轻一推，扑克牌像小山一样倒下，散了开来。“从末永开始抽吧。A 最大，2 最小。牌点大小一样的话，重新抽牌。”

拓也舔了舔干燥的嘴唇，伸出手来。不知何故，在那一瞬，康子的裸体从他脑海中闪过。

拓也直接将抽到的牌翻开。“啊！”桥本轻轻地叫出声。

“不错的牌啊。”直树说。

拓也抽到的是红心 K，他松了口气。另外两人不会同时抽到 A 吧。

“那好，轮到桥本了。”

在直树的催促下，桥本伸出手来。就在快要碰到扑克牌的一瞬，他突然停了下来。连拓也都能感觉到桥本在微微颤抖。

桥本做了一次深呼吸，接着，如同要豁出命去似的抓起一张牌，翻开。他果然又像要叫起来那样张大嘴巴，但大概是受到了太大的刺激，他并没有叫出声来。他抽到的是一张梅花 4。

桥本用手捂着嘴，两眼紧盯着桌上的梅花 4。他的模样既像在下定决心要由自己去杀康子，又像在思考要怎么打破眼前的困境。

“下面轮到我了。”

直树看了看扑克牌，闭上眼睛，抓起一张，举到脸旁，翻了过来，“啪”的一声拍到桌上。

黑桃 2。

桥本顿时长长吐了一口气。拓也沉默着，凝视着直树。他想，主意是直树出的，这样的结果说不定对大家都是最好的。

直树紧闭双唇，一动不动。差不多一分钟后，他的唇畔露出了冷笑。

“好吧。我们已经分工好了，下面来联合署名吧。”他望着两人说，“随后再来谈细节。”

6

离厚木还有十公里——拓也看了看表，再次集中精神。不到最后绝不能掉以轻心，谁都难保不会发生什么事情。

桥本应该已经在厚木等了。在那里将尸体转移到桥本车上，再返回名古屋，自己的任务也就结束了。回程中也必须十分小心。即使车上没有装尸体，也不能留下这一时刻在这一带行车的记录。

又一辆车迅猛地超了过去。时速八十公里的客货两用车对那些司机来说实在是一种障碍。

选择这样一辆车将尸体送到厚木也是直树的主意。

“六七点钟，天还亮着呢。我想在车上杀了她。在小车上杀了她后再把尸体拽出来放到大卡车上，动静就太大了。如果是客货两用车，只要包上布，扔进行李厢就行了。即使别人往里看，也看不出运的是什么。”

直树说他想到了一辆车。他有个在丰桥经营木材业的亲戚，车库里停着一辆几乎不用的客货两用车。当天清晨，他可以坐新干线到丰桥，下车后，开着客货两用车去大阪。

“您特意从丰桥搞一辆车吗？”桥本一脸惊讶地问道。

“如果租车的话会留下证据。而且，从丰桥搞辆车过来也是有理由的。”直树看着拓也说，“你在厚木将尸体移到另一辆车上后，回到东名高速公路，从丰桥出口出来，将车开回原地。然后，你叫一辆出租车回名古屋。即使警察对你起疑，只要不发现客货两用车，他们就不会去丰桥的出租车公司调查。”

由直树安排从厚木出发运送尸体的车就这样定了下来。

“还有一个问题……您准备怎样下手？”

拓也问道。直树脸上稍稍露出了痛苦的表情。目前为止，还是第一次见到他这样。

“还没想好。”直树终于开口道，“流血的话不太方便，我来想办法吧。”

“悉听尊便。”拓也说，桥本也点了点头。

关于如何将康子叫到大阪来的方法也由直树自己决定。

“桥本考虑一下处理尸体的地点，末永安排名古屋和厚木交接尸体的地点。”

拓也回答：“明白了。”

“执行计划的时间就定在下周日吧，十一月十号。请末永准备一下，当天你必须待在名古屋。你找个说得过去的理由去出差应该没问题吧。”

“我会想办法的。”拓也说。

这天，他们在决定了这些事后就解散了。下次碰头定在三天之后，在那之前各自要安排好自己负责的事情。

那天之后，拓也听到了和自己有关的传言——星子喜欢上了他，两人已经约会过好几次了。有几个同事向拓也当面确认事情的真伪，他这才知道还有此事。拓也本人并没有对任何人说过他与星子的事。

这么说来，消息应该是康子放出来的。

应该不会吧，拓也转念一想，康子这么做完全无利可图啊。

谜底很快就揭开了，原来是直树用公司内部电话传播的消息，他承认是自己干的。拓也问直树为什么这么做，直树说马上给他解释，请他去开发企划室。

拓也满腹疑虑地来到企划室。直树没有待在平时一直窝着的专用办公室，而是在部下的办公室里翻文件。拓也走到直树身边问道：“您叫我吗？”直树转了一下眼珠，望着拓也。随即，视线又回到了文件上。拓也觉得他今天有些奇怪。

“你得注意一下自己的言行举止。”直树开口道。他说得很含糊，听不太清楚。

“什么？”拓也追问。

“有关你的传闻，让我很为难。”

拓也沉默着，用眼角瞄了一下直树，不知该如何回答。旁边几个正在干活的职员也竖起耳朵听着，他们格外小心地不弄出半点声响。

“请注意自己的行为，不要让人误解。我父亲……”直树顿了顿，“虽然不清楚专务怎么打算，但我正在为星子四处物色结婚对象。像你这种不在考虑范围内的人，请不要给我造成干扰，我很为难。”

“听明白了吗？”直树的视线离开文件，抬起头来。

拓也一脸不知所措，沉默不语。他完全不明白直树为什么说这番话。

“明白了没有？”

直树注视着拓也问道。

“明白了。”拓也只好这样回答。

直树点了点头，合上文件，不再说什么，消失在隔壁的办公室里。

拓也回到自己的办公室后马上接到了直树的电话。

“不好意思。”直树先道了歉，“我想不事先打招呼你也会配合我演好这出戏的。”

“究竟是怎么回事？”

拓也不禁高声问道。他意识到了自己的失态。

“是我计划中的一部分啊。实际上，我发现已经有几个人知道你和星子的关系了。消息应该是从宗方先生那里传出来的。这样放任自流的话会坏事。我们这个计划的前提是，合谋的三人之间不存在密切关系。但如果你是星子丈夫的候选人，我和你就有了密切关系。一旦我们之间一人受到怀疑，警察也许就会发现另一个是同伙。”

“这倒有可能。”

“所以我设计了这出戏。只要我不承认你是星子丈夫的候选人，我和你就没有什么关系。而且，其他员工还会认为我们关系很糟。这种伏笔，到了万不得已的时候会起作用。”

“我明白了。”

拓也说道。他想，直树倒挺醉心于这次的杀人计划，否则他不可能想得那么周到。

“不过，主任。”

“嗯？”

"您刚才完全是在演戏吗？您说您在物色星子小姐的结婚对象……"

直树好像看透了拓也的心思一般，在电话另一头笑了起来。

"看来你挺担心的。其实，星子和谁结婚与我没有任何关系。父亲让我帮她物色，说实话，对我来说是一种负担。"

"原来如此。"

"嗯。所以，请不要担心，全力投入到我们的计划中去吧。"

宛如在工作方面发出指令一般，直树说最后一句话的语气变得非常严肃。

三天之后，三人再次在那家宾馆碰头。

"康子的公寓附近有一个迷你高尔夫球场。那里没有照明，夜里一团漆黑，几乎没有行人。如果将尸体扔在那里，第二天一早肯定会被人发现，而且很有可能被当成路人劫杀案。"

桥本说道，露出一脸鲜见的自信神情，表明自己这两天已经做了很周密的调查。拓也认为，迷你高尔夫球场确实是个不错的选择。直树也表示同意，桥本的方案就这样定了。

关于尸体的交接地点，按照先前说好的，由拓也负责选定。拓也选择的名古屋那个点，就在车站东侧的一个停车场，而厚木的交接点则是下高速公路后北行几公里之外的一块空地。

"我画了张草图，请不要搞错了。"

两人看了一下拓也递过来的纸条，点了点头。

"那好，所有细节都已经敲定了，我们从头再将计划整理一遍。"

直树就像在制订一个愉快的计划那样，说话声显得格外兴奋。

7

时针指在一点三十分，快到厚木服务区的出口了，比预想的更顺利。

漫长的一天终于要结束了，拓也长长地吐了一口气。

真是漫长的一天。一大早借出差的名义离开东京，已经过去多少小时了？

拓也向公司申请出差，要去名古屋取公司准备购买的研究设备的报价单，并顺便了解对方的实际业绩和设备性能等情况。尽管是一天就能来回的距离，但他另编了些理由，使公司同意他在外留宿一晚。拓也申请出差，上司几乎没多问。

到了名古屋，拓也便假意去拜访一开始就不打算合作的公司，对方的态度却是十分热情。

半天就能达成的出差目的，拓也故意拖延时间，并为第二天留了一些工作。他装出的工作热情让对方公司的人兴奋不已，他们提出要带拓也体验一下名古屋的夜生活。但拓也只和他们一起吃晚饭到十点，随后彬彬有礼地回绝了邀请。他说想回酒店汇总今天的洽谈结果，对方也就不好强求了。

拓也来到车站前预订好的商务酒店，办完入住手续，进房间换了衣服，拿着房间钥匙便出门了。他向约好的停车场走去。

停车场并不拥挤，车位空了很多。拓也不费周折便找到了那辆客货两用车。和想象的差不多，车停在最靠边的角落里。

拓也透过玻璃向车内望去。行李厢里横放着一个用蓝毛毯包裹着的又长又大的货物。因为知道真相，他似乎看见了在毛毯紧裹下显露的凹凸形状。

蠢女人——拓也想着，冷哼了一声。如果她没有提那些过分的要求，自己也就给她一些钱作为补偿了。

拓也走到车后部，取了用胶带固定在隐蔽处的车钥匙。他打开右侧车门，上了车。调整好车内后视镜，回头看了一下后车厢。不知直树是用什么方式杀了她，没见着血和其他脏东西。

木已成舟，没有反悔的余地了——他嘴上咕哝着，一脚踩下油门。

出了停车场之后，拓也直接向东行驶。十一点三十五分，客货两用车进入位于名东区的名古屋服务区。

到了厚木的出口。

拓也驶入最左侧车道。

下了高速公路，沿着一二九国道向北行驶。平时总是很拥挤的道路，这个时段车辆却十分稀少。过了厚木车站后不久，车向左拐，路灯一下子少了很多，眼前出现了一排看上去像仓库一样的建筑。

车子驶进一条狭窄的道路后，拓也减低车速，徐徐前行。铺得很好的道路，通往一块看似放置器材的空地。

空地一角停着一辆白色小轿车。拓也一边靠近那辆车，一边辨认车牌号。就是它，桥本的车。为了方便尸体的交接，拓也将车尾对准桥本的车尾停好。

“很准时。”

拓也下了车，桥本也从小车里出来。虽然只有车前灯的一点光亮，拓也还是发现了桥本紧绷的表情。

“装着吗？”

桥本看着拓也的客货两用车问，声音有些颤抖。

“当然。”

拓也打开客货两用车的后盖。见到毛毯裹着的东西，桥本立刻移开了视线。随后，他打开自己车的后备厢。

拓也跳上客货两用车的行李厢，用下巴示意桥本快上来。

桥本上了车，双膝跪地，闭上眼睛对着尸体合了合掌。他是想安慰自己？这种心理拓也无法理解。如果要在这种时候合掌，还不如别去杀人。

“还带佛珠来了呢。”

睁开眼睛后，桥本说了句俏皮话，但口气仍是硬邦邦的。

“你抬那一头。”

拓也指着看上去像腿部的一侧。桥本点点头，僵硬地抱住毛毯。

拓也抬起尸体的上半身。比想象的重很多，而且体积很大。没有一点体温。

“尽量不要变动尸体的姿势，不能让人看出来有人动过。”

他记得直树说的关于尸斑、死后僵硬度等话。

“真重啊。”

桥本弯着腰，喘着气说。他身子往下沉。确实很重。救护工作者经常说，搬动没有意识的人是一件很难的事。

“这么重，我一个人没法处理。”终于将尸体搬到了白色小车上，桥本一脸埋怨地说，“拜托了，你一定要帮帮我。”

“都已经到这份上了，哭哭啼啼有什么用。我马上得返回。”拓也关上了客货两用车行李厢的门。

“你只要早上赶到不就行了吗？这里到扔尸体的地点也就一小时的车程，扔完之后再赶回去也来得及呀。”

“不行。我让酒店的前台七点叫我起床。”

这也是为了制造不在场证据。

“来得及呀。”

“胡说什么，赶不上怎么办？”

“不会有什么问题，酒店的人只会一时觉得奇怪。我这个任务才更重要。我扔尸体的时候你帮我望一下风也行啊。”

“酒店一时的疑心也许就会成为重要证词。你要是男人，就按说好的办。”

拓也这么一说，桥本露出气呼呼的神情，转而又可怜兮兮地说：

“知道了。那请你帮我把尸体再往里送一送，这样关不上后备厢。”

“再往里送的话，往外搬就困难了。”

两人开始往上提尸体。突然，毛毯一角掀了起来。

“哎？”

一瞬间，拓也移开视线。接着，他伸手打算将毛毯盖回去。从毛毯掀起的缝隙中，他看见了尸体的脚尖。他停了下来，整个人僵住。

桥本也沉默了。

奇妙的沉默持续了几秒。拓也慢慢抬起头来，看着桥本。桥本也看着拓也。

“哎。”拓也低声招呼了一下桥本，目光移向尸体。他开口了。“这……不是康子啊。”

“怎、怎么办……”

桥本终于出声了，像狗那样喘着粗气。

“什么怎么办……先看一下。”

拓也咽了口唾沫，颤巍巍地翻开毛毯。一见到尸体的脸，桥本不由自主地跌倒在地，尖叫了起来。

“怎么回事？”拓也低声吼道，“怎么是仁科直树的尸体？”

第二章　杀人失误

1

狛江市。

这栋高级公寓就在世田谷大道向北转的路角上，徒步几分钟就能抵达多摩川。这条路上车辆很少，非常安静，环境相当不错。

公寓共有三层，房间全部朝南，东边有一个停车场。虽说很少有人开车上班，但停车场却没有空着，车停得满满的。

公寓里住着一个男人，经营着一家规模颇小的印刷厂。虽说他继承了父业，但干得并不轻松。有时为了交货，不得不提前一天将货物装车，第二天一早直接送到客户手上。

今天早晨就是如此。接了一笔棘手的生意，客户要求当天上午无论如何必须送到，因此，昨夜印刷机一直开到十点多。由于是小本经营，他硬着头皮接下这宗生意，否则无法经营下去。幸亏昨夜十一点刚过就干完回家了。

几年前他买了一辆轻型客货两用车，停在停车场最里面的第二个车位。

最靠里的车位停着一辆沃尔沃，有时能见到该车的主人。车主看上去比自己小十来岁。也许是独身的缘故，手头比较宽裕，全身上下穿戴的都是名牌。

一个未婚青年住在这样的高级公寓本身就显得很奢侈，他想。虽然不在东京都二十三个区内，但最近地价猛涨，这栋公寓的价格是一般公司职员无法承受的。但这辆沃尔沃的主人却住在这栋公寓中面积最大、视野最好的房间里。

干的应该不是什么正儿八经的职业——他有点忌妒地想象过。

他上了客货两用车，检查了行李厢里的货物。确认没问题之后，他转动钥匙发动引擎，然后查看后视镜。他发现左侧的后视镜歪了，咂了下嘴。这辆车上没有控制后视镜的电动装置。

他向左侧探过身去，摇下玻璃窗，伸手调整后视镜。就在此时，他看见了……

是人，他想。后视镜里映出的是一只人手。他又探了探身，将头伸出窗外。

数秒之后，他从引擎已经发动的车上跳了下来。

“差不多已经死亡十二个小时了。”

东都大学法医学研究室的安藤副教授说，他将金丝边眼镜往上推了推。他的声音很低沉。佐山总一看着手表计算了一下时间。现在是上午七点二十六分，这意味着死者被害时间是昨晚七点左右。

“像是从后面被勒死的。”

“是啊，脖子后面打了个结。应该是从背后受到了袭击。”

尸体躺在两辆车中间。按照尸体发现者的证词，死者是停在旁边车位的沃尔沃的车主。据从死者身上找到的驾照和名片，此人就是居住在这栋高级公寓三〇三号房间的仁科直树。年龄三十三岁。名片上印着“MM 重工研发部开发企划室主任”。

“佐山。”

听到有人叫自己，佐山回过头去，谷口警部扬着下巴示意他过去。

“发现尸体的印刷厂老板好像是昨晚十一点多回家的。”

谷口平时就驼背，此刻更是将腰弯得很低。

“很奇怪，”佐山说，“安藤老师说死亡已经超过十二个小时了。那就是说，被害人是在被杀了之后运到这里来的。”

“一定是半夜运过来的。”

“邻居中也许有人认识他。”

“已经派人去调查了，我们去看一下被害人的房间。”

谷口向公寓走去，佐山紧随其后。他抬头望了一下公寓，有几户人家的窗户开着，有人正俯视停车场。

上了三楼，靠着楼梯便是三〇三房间。门开着，已经有几个警察在里面。谷口走进房间，佐山则按了三〇二房间的门铃。开门的是一个三十五六岁的妇女，像是全职主妇。

佐山问她昨晚有没有注意到隔壁的动静。女子摇了摇头。

“昨晚一点动静都没有。想不到是仁科先生。”女子用眼角瞥了一下隔壁，皱了皱眉头。

“你昨天没见过仁科先生吗？”

“不，他一早出门时见到了。大概是六点左右，比平时早一个多小时呢。”

是不是意味着不是通常的上班？

“什么打扮？”

“啊？普通的打扮。还是灰色西装，提着公文包。”

佐山默默点了点头，将听到的内容记在笔记本上。随后，他又抬头问女子对仁科的印象。

“我和他不熟，不过，他好像有点奇怪。有时在阳台上一待就是几十分钟……对了，我见过他在多摩川吹小号。”

“你们经常交谈吗？”

“没有，只是遇见时打个招呼。”

佐山又问她见过什么人出入直树的房间。女子将手放在脸颊上，歪着头想了想。

“我不太清楚。”她答道。

佐山向女子道了谢，转身走进三〇三房间。见到屋中的情形，他惊讶得说不出话来。

“好像被抢劫了一样。”谷口走近佐山说。

“像遇到了劫匪。”佐山说。

这套房子包含三室一厅和一间厨房，对一个单身人士来说面积过大。室内的情形让人联想到台风来袭之后，所有房间都受到了袭击。佐山戴上手套，查看了每个房间。衣橱和整理架上的衣服都被扯了出来，散落在地。书柜上的书所剩无几。所有抽屉都被抽了出来，里面的东西被翻了个底朝天。

“连冰箱都被搜过了。”谷口说。

“凶手好像在找什么东西。”

“没错。杀人现场应该不是这儿。”

“应该不是。如果是在这里杀了人，没理由把尸体搬到停车场。凶手可能不想被人发现作案现场，才特意把尸体搬来的吧。”

“把尸体搬来的同时，顺便把房间翻了一遍吗？”

“差不多。这么大的动作，连邻居都没有惊动，看来凶手极其谨慎。”

“问题是，凶手是不是达到了目的。”

“没什么线索吗？”

“不知是不是线索……你过来看一下。”

两人来到客厅。桌上放着扑克牌和烟灰缸。谷口指了指烟灰缸。

“看见没有，有烧过纸的痕迹。”

“原来如此。”

纸好像是被卷起来烧掉的，已经变成了黑色灰烬。

“纸上应该写着什么，完全辨认不出了吗？”

“有几个能辨认。是英文字母。A 和 B，后面的好像是 C 和 D。其他的无法辨认了。正准备委托科学搜查研究所鉴定。”

“A 和 B。是仁科本人烧的吗？”

“我想是的。凶手干的可能性很小。”

“如果是凶手，拿走后在其他地方慢慢处理就行了。”

“ABC 杀人案。看来很棘手。”

谷口取了一张扑克牌，翻过来放在桌上。牌上的王露出一脸怪笑。

当天上午，警视厅搜查一科的佐山和狛江警局的矢野一起来到 MM 重工。矢野比佐山小九岁，不到三十，长得很高，虎背熊腰。平时就炯炯有神的眼睛此时更是熠熠发光。这是他第一次参与杀人案的侦破，所以显得格外兴奋。

“真是费解。仁科是不是有什么事才从大阪返回东京？”

在 MM 重工接待室里等候时，矢野压低嗓门说。虽说只是个约四叠大的房间，隔音效果却非常好，接待用的器具也不差。除了这间接待室，公司还有一间放着很多桌椅的大会客室。佐山和矢野在传达室自报家门后，身穿蓝色制服的女职员一脸僵硬地直接将他们领到了这间小接待室。女职员似乎也已经知道了一些情况。

“不一定是回东京后才被杀的，也可能是遇害后被运回东京的。”

佐山用更小的声音回答。

“您是说在大阪被害后运回东京的？”矢野瞪大眼睛问道，“太费劲了吧，有这个必要吗？”

“那不清楚。我只是说有这个可能性。”

“我认为是仁科回东京后被害的。”

“你可以自由想象。”

说着，佐山双臂交抱，闭上眼睛。他自有问题要考虑。

弄清了仁科直树的身份后便立刻通知了他的家属和公司。他的家属住得并不远。在听说了仁科直树的父亲仁科敏树是MM重工的专务董事后，佐山觉得还可以理解。他听说过有关仁科家族的传闻。

敏树来确认遗体时，一眼便断定是自己儿子。他呼吸略显急促，但说话时的语气平静得几乎令人难以想象他是在面对儿子被害这一事态。只是，他握着手帕的右手始终在发抖。

“有什么线索吗？”敏树看着遗体问道。一个警察告诉他正在调查。

“尽快抓住凶手，我会尽力配合的。”敏树边说边瞪着那个警察。

“我们会尽全力破案的。”警察回答，并对敏树浅浅地躬身行了个礼。

警方从公司得到了很有用的信息——直树昨天出差去大阪了，目的应该是去旁听国际机器人学会的研讨会。如此说来，邻家主妇说见到直树比平时早出门的证词没有错。

应该是去了大阪的直树，却在东京被发现了尸体，这确实如矢野所言“匪夷所思”。不过，佐山想到了一个问题——为什么凶手特意选择这一时机杀直树。难道对凶手来说这是最好的时机吗？

有人敲门。接待室的门打开了，一个四十岁左右的男人走了进来。来人身材瘦弱，脸色很差。他打量了一下佐山和矢野，目光中透出某种机敏。

那人说着“让您久等了”，将名片递给佐山和矢野。名片上印着“开发企划室副主任萩原利夫”。虽说是被害人直树的部下，显然比直树年长很多，这让佐山感到有些奇怪——难道是仁科家族的权力发挥的作用？

佐山和矢野在自我介绍后直接告知了来意，并向萩原了解仁科直树的为人。萩原突然左右摆动了一下下巴说道：

“说实话，他很可怜。”

“可怜？为什么？”

“处于那种地位，恐怕亲戚朋友都对他充满了期待吧。他看上去也在为不辜负亲人的期望而努力。”

这个人说话的语气真谦恭，佐山想。

“请说说他工作方面的情况。”

佐山如此问，萩原又左右摆动了一下下巴——他似乎在考虑问题时有这种习惯。

“工作……他好像不是很感兴趣。”

“哦？”

“他基本上都是一个人待在自己的办公室，不来我们办公室。我们跟他商量工作，他总是说各位看着办就行了。虽然他也看我们的工作报告，但从不提意见。”

“这样不影响工作吗？”

“不影响，至少目前没有。通常我会仔细检查。”

听他的口气，好像在说只要他在就不需要什么主任。当佐山询问与工作有关的事情时，他这种口气显得尤其突出。

“研发部的研究员并不是各自随意搞专业研究，我们有一定的开发对象，并按照开发对象来建立大小不同的项目。开发企划室就是管理这些项目的部门，担当协调的角色。也许将我们的工作比作交响乐团的指挥，你们更容易明白吧。各项目负责人会向我报告每一个进程，而当我发现有问题时就会发出指示。工作还是挺顺畅的，对这一点我很满意。”

最后的语气中充满了自信。

“那仁科先生有没有在工作上和别人产生过矛盾？”

“没有。我想应该没有。”

说着，萩原再次摆了摆下巴。

“除了工作，最近有没有什么异常发生？”

“工作之外吗？”

萩原的目光中闪过一丝犹豫的神色。不过，他还是默默注视着对方。

“没……我想应该没有。”

“请说实话，真的没有吗？”

矢野突然高声说。佐山拍了一下他的膝盖让他冷静下来。这种场合威吓是起不了作用的。

佐山用圆珠笔的笔尖在笔记本上敲了几下，视线重新回到萩原脸上。

“关于他这次出差，您知道些什么？”

“我听说是去旁听学术会议。”

“经常会有这样的出差吗？”

“是的，不过主任亲自去参加的情况还是非常罕见的。基本上都让年轻人去。”

“是吗？”

这倒值得研究，佐山想。为什么这次仁科直树要亲自去参加呢？

“您是什么时候听仁科先生说要去出差的？”

“什么时候？我想想。”

萩原翻开手中的黑皮笔记本，翻到日程表一页。

“肯定是一周前。他告诉我要去大阪，并住一晚，还说工作上的事拜托了。”

“仁科先生出差的事，除了您以外还有什么人知道吗？”

“部下全都知道。其他人我就不清楚了。”

“好的。仁科先生的尸体是在狛江他自己的住处附近发现的，他会不会临时改变了住宿计划？”

萩原立刻摇了摇头。

“对此我不清楚，我只知道他特意预订了酒店。”

“明白了。”

看来从萩原这里不会再问出什么有用的信息，佐山请他另叫一个部下过来。

“我可以叫一个现在空着的人来。”

萩原刚起身，为了预防萩原对部下封口，佐山指着房间角落里的公司内部电话说：“您能用那部电话吗？”

萩原看上去不太乐意，但还是拿起电话打到办公室。接着要来的好像是个姓笠井的男人。

五分钟后笠井出现在会客室。据说他比直树小两岁，应该才三十出头。不过，他给人的印象就像是个刚刚毕业的大学生。虽说不是娃娃脸，但线条柔和，带着一脸稚气。

萩原起身离开接待室，笠井坐到了佐山和矢野对面。

“工作时间，打扰了。”

佐山开口道，笠井没有正面回应。

“是遭到抢劫了吧，不会是这种事吧？”

笠井十分好奇地问道。果然不成熟，话多。

“还什么都没弄清楚呢。当然，也有那种可能。”

嘴上这么回答，其实佐山心想根本不可能是劫杀案，这也是警方的判断。如果只是单纯的劫杀案，没有理由移动尸体。而且推定死亡时间是昨晚七点左右，这对于抢劫来说也太早了点。

“不管怎么说，那个主任被杀，简直无法想象。”

说完最常见的感想之后，笠井露出一脸沮丧的神情。

佐山问了一些和问萩原时相同的问题，但从笠井口中听到的回答和萩原的稍有不同。

“说实话，主任确实有些像摆设。不过，主任之所以工作不怎么积极，也有其他原因。”

“怎么讲？”

佐山催促道。笠井先嘱咐千万别说是他说的之后继续说：

“副主任也不是没有故意排挤主任的意图。上司比自己年轻当然令人不快，但我认为，有点职业道德的人应该忍受这点委屈。好像大家都认为企划室是副主任萩原先生的。”

“你是说仁科先生和萩原先生关系不是很好？”

“是的，关系很差。哦，不过，昨天副主任好像加班到很晚。”

笠井似乎突然想到自己的话可能会让萩原扯上嫌疑，赶紧补充了一句。

佐山苦笑着点了点头，又问最近直树身边有没有什么怪事发生。和问萩原的问题稍有变化，但笠井的回答更加直接。

“您没有从副主任那里听说吗，他妹妹的事情？”

笠井压低了声音。

“他妹妹的事情？没听说。发生什么事了？”

笠井故弄玄虚地咳嗽了几下后声明道：“请替我保密啊，千万不能说是我说的。”

接着他说了仁科直树的妹妹星子的事情，以及传说中的星子未婚夫和直树对那人说的话。

“话说得很过分。就算为仁科家族找辅佐人，也不能随便干涉妹妹的婚姻吧。”

笠井撅着嘴，就像在说自己的事情那样。

“原来还有这种事。”

很有意思，佐山想。谁要和星子结婚还必须得到直树的首肯，但直树表示反对。

那个人叫末永拓也。

佐山对这个素未谋面的男子产生了强烈的好奇心。

2

中森弓绘自从调来企划室后每天八点十分就到公司了。上班时间是八点四十，在之前的三十分钟里她干些擦桌子、为花瓶换水的工作。弓绘并不讨厌干杂务。即使是休息日，她也喜欢一大早起床收拾房间。

但是，今天早上她已经没有必要再干这些了。她去更衣室换衣服时，听到了简直无法想象的事。

仁科直树死了，而且好像是他杀。

告诉她这件事的是和她同时进公司的朝野朋子。朋子的圆脸蛋涨得通红，喘着粗气，将听到的情况告诉了弓绘——在仁科所住高级公寓的停车场里发现了他的尸体，公司的高层正集体开会讨论对策。

“难以置信。”弓绘嘀咕着，“为什么是仁科先生……”

那天一上班，副主任萩原就将部下召集起来正式宣布了仁科的死讯。他提醒大家，报社等媒体也许会来采访，不许发表任何不负责任的言论。

“尤其是中森小姐，请千万注意。”

萩原望向弓绘，其他职员的目光也集中到了她身上。弓绘点了点头，随后低下头来。

解散之后，几个年轻人聚集在一起议论案件，他们的说话声也传入了弓绘的耳朵。

“他昨天应该是去出差了啊，这么说来，是夜里晚归时遭到袭击吧。”稍微年长的笠井压低嗓门说。

“原定是在外住宿吧，说是国际学术会议要开到今天。”其他职员说。

“大概有什么急事吧。要不然没理由回东京啊。”笠井说着，将双臂交抱在胸前，目光正好和弓绘的撞上。他露出了窘色，咳了几声，回到自己的座位上。其他职员也发现了弓绘，一个个默不作声地回到各自的办公桌前。

弓绘回到隔壁办公室自己的座位上。靠窗的是仁科直树的办公桌。这一年多来，她一直待在这个只有她和仁科直树两人的办公室里。

弓绘负责开发企划室职员的考勤和加班统计。刚进公司时，她被分配到设计部，一年后，突然被调到这个岗位上。连她自己都不知道为什么会这样。

弓绘也不清楚为什么只有自己被安排在直树的办公室。她听到的传闻好像是直树点名要她。还有人添枝加叶地说，直树看中了她，为了将她搞到手，才将她安排在自己身边。企划室的职员因此至今还对她另眼相看。

当然，这只是传言而已。这一年中，直树完全没有任何表示，也从未请弓绘吃过饭。上班时间，偶尔在交谈中夹杂一些玩笑。只要稍微动一动脑就能明白，像直树这样的名门之后，怎么可能看上她这种小地方出身、容貌也不出众的小家碧玉呢，弓绘想。

弓绘也没有刻意将直树当一个男人来看。两人地位悬殊，年龄也相差很大。最重要的是，直树周身笼罩着让人难以接近的气氛。大概可以用“密不透风”来形容。无论对谁，他似乎都把自己真实的内心包裹得严严实实。

不过，弓绘偶尔会被直树表现出来的善良打动，这也是事实。他的善良究竟是什么呢？

弓绘想着，一股难言的伤感涌上了心头。为了控制情绪，她赶紧做了几个深呼吸，随后按下桌边电脑的开关，打算开始统计出差费用。机械般的工作，具有让人心绪平静下来的效果。

虽说和其他部门相比，开发企划室的出差并不算多，但每个月还是会有几个人送来申请出差的报告。出差地点几乎都在首都圈内，但去大阪和名古屋等地的人也不少。遇到这种情况时，弓绘则要帮他们买好新干线车票或飞机票。

弓绘敲击键盘的手停了下来，她想起了直树给她出差报告时的情形。不错，当时她问过直树，来回是不是都坐新干线。

“行啊，没什么急事。去旁听学术会议是最轻松的差事了。”

“您需要住宿吧，离会场近一点的酒店好吗？”

学术会议的会场在中之岛附近的大楼里。

"不，还是住新大阪车站附近吧。将行李往酒店一放就可以去会场了。"

"明白了。"

弓绘从公司指定的新大阪周边的商务酒店中,预订了一家名叫"大阪绿色"的酒店。

但是，现在回想起来确实有些奇怪。

他说要将行李放在酒店，一个人出差在外住一宿，应该不会带大行李。更何况第二天才参加学术会议，难道离会场近的酒店不是更方便吗?

这与凶案有关吗?想到这里，弓绘轻轻摇了摇头。不会是这样吧。他之所以想住在新大阪的酒店，一定是出于偶然罢了。

她重新开始敲打键盘，脑子里继续想着直树的事。虽然从来没有在一起好好聊过，但有时加班晚了一起回家，在中途分别的情况还是有的。开始是一些闲聊，渐渐地也谈些恋爱、结婚的话题。弓绘说自己暂时还不想考虑这个问题。直树轻轻点头，停下脚步，看着弓绘，好像要说什么。弓绘问直树怎么了,他回答没什么,随即又开始往前走。他看上去有些犹豫，弓绘还是第一次见到他有这种表情。

那时他想对自己说什么呢?这已经成为永远的谜了。

手头的工作暂告一个段落后，弓绘经过走廊去了茶水间。工作的空当，在那里休息一下也算是一种享受。MM重工到处放着速溶咖啡的自动售货机，一般不会让女职员为男职员端水沏茶。

弓绘推开茶水间的门，里面已经有人了。那个女人坐在靠角落的椅子上，弓绘认识她。这个时间来茶水间，一般都会有人在。

"下午好。"弓绘开口招呼道。

那个女人似乎在沉思,瞬间,脸上露出了惊讶的表情。她看着弓绘，嘴巴张得半开。

“怎么了？”弓绘问。

“没怎么啊，休息了一会儿。”

女人说着站起来，看都没看弓绘一眼便走了出去。平时见面大家总会开一两句玩笑，可今天……

她怎么了？一点也不像她。

目送雨宫康子披着一袭长发的背影，弓绘陷入思考。

3

一回到荻漥的公寓，拓也脱下西服便倒在床上。天气并不热，他却大汗淋漓，口干舌燥，心跳也比平时剧烈得多。想到今天一天的紧张，身体出现这种反应也不奇怪，他不禁如此分析。

“太离奇了。”拓也边解领带边咕哝。下午从名古屋回来后他装作什么都不知道去了公司。不出所料，公司已经乱成一片。公司职员，而且是仁科家族的长子被杀，引发公司一片混乱也算是理所当然吧。

但在他们的计划中，今天让 MM 重工沸腾起来的，应该是雨宫康子的尸体。

而康子却活着。

死的是直树，那个首先提议杀了康子的人。

情况变得十分离奇——拓也再次咕哝道。

他回想昨晚的整个过程。他和桥本在厚木的空地里交接尸体，发现那是直树尸体的瞬间，当时的惊异不是用言语能够形容的。两人一时如同两根木桩无法动弹，哑然失色。

“被偷换了吧？”桥本僵直地问道。

拓也不知道“偷换”这个词是否恰当。

“我怎么知道。至少我从名古屋出发时应该不是康子。”

尸体不可能在中途被调换。

“怎么会这样？”

“我不知道啊。”拓也摇着头，“难道被康子反戈一击了……怎么可能？”

不光是直树被杀一事本身，还有尸体被毛毯裹好后放进客货两用车，这实在令人毛骨悚然。凶手为什么要这么做？

沉默了片刻，拓也终于开口了：“先把尸体处理了吧。”

“就在附近扔掉吧。”桥本颤声说道。

“那不行。”拓也语气坚决地说，“虽然尸体变了，还是运回东京比较好。也许警察会认为，直树因什么事回到东京，然后被杀了。”

拓也这样说，心里却没什么把握。通过推定死亡时间就能轻易弄清直树是在大阪还是东京遇害的。拓也想把尸体运回东京的真正原因是，尽量让尸体离名古屋远一点。

桥本似乎没有察觉到拓也的真实想法，他也认为必须将尸体运回东京。

“那，还是我一个人运尸体吗？”

“那当然。”拓也说，“尸体变了，干的活不变。”

“但扔在哪里合适？”桥本哭丧着脸问。

“主任好像在狛江租的公寓。把他藏在公寓附近，明天就能发现。”

桥本抱着头“啊”了一声。

“真不该参与这样的计划。哪怕被公司开除，也比成为凶手好啊。”

拓也一把揪住桥本的衣领。

“现在抱怨有什么用，还不快抓紧时间处理尸体。快动手吧。”

桥本惊恐地点了点头，拓也放开了手。将处理尸体的重要工作交给桥本这样的男人真让人不放心，拓也想，但除此之外别无他法。

“拜托，千万别让人发现了。等等，让我看一下。”

拓也将直树的衣服口袋翻了一遍，必须找回那份联合署名的字据和那张具体写着尸体交接地点的纸。

然而……

他没有找到那两样东西。他感到自己的脸色渐渐苍白。如果那两张纸落到别人手里，他就完了。

“不妙。”拓也咬了咬下唇，“也许被杀了主任的凶手拿走了。”

“怎么会……”桥本也顿时没了血色。

“不能再浪费时间了，出发吧。”

拓也坐进车内，发动了引擎，将车开到桥本车旁，打开窗户。

“处理完尸体之后，将车厢彻底打扫干净。不要因一时疏忽留下证据。高速公路的发票都扔了吗？”

“啊，是这个吗？马上扔。”桥本拿起高速公路的发票，撕碎后扔出窗外。细碎的纸片在风中飞舞。

“快，走吧。”

两人的车动了起来。他们向南直行一段之后，上了东名高速公路，拓也向名古屋方向行进，桥本驶向东京方向。

拓也在丰川服务区下了高速公路，随后向南行驶，进入丰桥市。越过丰河，抵达名为凑町的地方后，按照直树所画的图在错综复杂的公路上行驶。在一块写着“山中制材”的招牌边上他发现了车库，暂时安下心来。

拓也将车停到车库后，步行向车站走去。他看了一下手表，刚过五点。

车站前停着三辆出租车，每个司机都将帽子盖在脸上打盹儿。拓也敲了敲窗户叫醒其中一位，迅速上了车。

“去名古屋。”说着，他将身子埋进了座位。

拓也抵达酒店的时间是六点二十分，为了避人耳目，他轻手轻脚地进了房间，疲惫不堪地倒在床上。原以为根本无法入眠，但还是呼呼地睡了过去。一阵电话铃声响起后，他醒了过来，看看手表，七点整。叫醒服务非常准时。

拓也刚要起身，电话铃声再次响了起来。他心里咯噔了一下，咽了口唾沫，拿起电话。

是桥本打来的。

今天在公司遇见桥本，但两人并没有单独交谈。没有那样的机会。

“昨晚累死人了。”桥本先开口道。他语气沉重，应该和自己一样——或许比自己更累，拓也想。

“你将尸体扔在停车场了吧？”

“是啊。开始想让他坐在车里，说不定别人会以为他是在车上遭人袭击的。但实在搬不动，只好放在两辆车的空隙中。反正重得要命。”

桥本的口气听上去像在抗议，好像只有他一个人干着又重又累的活儿。不过，的确够戗，拓也也能想象。但没有理由对他表示感谢或者歉意。

“没被人看到吧？”

“这没问题。你呢？”

“很顺利。客货两用车已经还到主任亲戚家的车库了。”

“是吗。不过……”桥本停顿了一下接着说，“康子还活着呢。”

“活蹦乱跳的呢。”拓也回答，“那女人昨天请了带薪假吧？”

“嗯。她应该是受室长所邀去了大阪呀。”

“去了大阪，死的应该是她，现在反而是要杀她的人死了。”

“难以想象。”

“完全没想到主任会那么笨。”

“如果真是那样，她肯定知道我们和主任是一伙的。”

桥本指的是那张联合署名的纸。

“还是做好思想准备吧。”

“是啊。其实，昨晚扔尸体之前我进了主任的房间找那张纸。我戴手套了，不用担心会留下指纹，但怕的是会被邻居注意到。我真的不想这么干，想干脆扔下尸体就跑。”

桥本再次流露出埋怨的口吻，拓也佯装不知。

“但你没找到那张纸吧？”

拓也追问道。

“没找到。写字台的抽屉、整理架的抽屉都翻遍了。连那份杀人计划都没找到。是不是主任已经处理掉了？”

“有可能，那人做事很谨慎。联合署名的纸怎么会找不到呢？”

“那张纸不在主任那里，所以只剩被凶手拿走的可能性了。”

“差不多吧。”

“那怎么办？”

桥本的语气胆怯无力，他有点沉不住气了。

“没办法。我们只能先找到杀了主任的凶手。仔细想想，如果那张纸落到凶手手里反倒安全了，他应该不会交给警察。”

“不一定，他会不会匿名寄给警察呢？”

“我想不会。那样做对凶手来说没有任何好处，他也害怕警察通过匿名信找到线索。”

“真是那样就好了……不过，我们怎么找到凶手呢？”

“先看住康子，一定不要让那女人离开我们的视线。她一定知道些什么。”

“是啊。不过……”桥本犹豫了一下继续说，“找到凶手后我们怎么办？那样也解决不了康子的问题。”

拓也叹了口气。“等找到凶手再说吧。”他故作轻松地说道。

放下听筒后，拓也又躺回床上。他脑子里转动着各种念头，但怎么也理不出头绪。康子、联合署名的纸……

假设杀直树的不是康子，那凶手是怎么知道我们的杀人计划的呢？应该没人知道。正因为凶手知道，才会将直树的尸体放在那辆客货两用车上，并停在事先约定的地点。

凶手一开始就知道杀康子的计划吗？

拓也揪了揪头发，脑子里又想起刚才桥本的问题：找到凶手后该怎么办？

就那么干，拓也想。为了保护自己，杀人也是事出无奈，这不是几天前才决定下来的吗？

方针没有变。

拓也再次起身时，恰好玄关的门铃响了。开门前他从门镜向外看了一眼，门外站着两个男人。一个很年轻、目光凶悍，另一个看上去比自己年长几岁。

“也许……”拓也边思考边打开房门。

年长的男子果然如拓也想象的那样开口道：

“我们是警视厅的刑警，打扰你休息非常抱歉。我们想请教你几个问题。”

4

这人看上去很斯文，但也许有着与外表不符的魄力——这是佐山见到末永拓也的第一印象。细长的眼睛、尖下巴，一般人大概很难看透他真实的想法。

提到仁科直树时，拓也皱着眉头遗憾地说：“他应该是我们公司的接班人啊。”听上去感觉像句套话，不过也并不限于眼前这个人，佐山见到的 MM 重工的人，无一例外都是这种表情。

“我们想请教一下你与仁科星子小姐的关系。有些问题请你回答。你是星子小姐未婚夫的传闻是真的吗？”

佐山注视着末永问道。末永冷淡的表情似乎一瞬间起了变化。

“你如果这样问，我只能告诉你：不是。”

末永回答，听上去他好像在找合适的词语，语速很慢。

“那是怎么回事？”矢野问。

“从来没人说过我是星子小姐的未婚夫。我不否认有时会和星子小姐见面。”

“原来如此，你们在交往，但还没有到谈婚论嫁的地步，可以这样理解吗？”

佐山问。

“事实上，连这样的程度都没到，我只是小姐消遣对象中的一个而已。”

末永摇了摇头。

“听说你和星子小姐的事在公司里已经传开了，为此，你还被仁科直树先生训斥了吧？”

连这都知道啊，末永脸上露出了惊讶。他用小拇指挠了挠耳根，叹了口气，似乎不想再隐瞒了。

“他训斥我，说出现这么奇怪的传言是因为我不谨慎。”末永说。

“只是这些吗？我们听说他还说了些别的，不同意你和星子小姐交往。”

佐山边看着笔记本，边瞪视末永。末永移开视线，但立刻又转了回来。

“他说星子的结婚对象由他负责物色，奇怪的传闻会令他很为难。”

“那就是说他不承认你是星子小姐的结婚对象吧。”

“应该是吧。不过，”末永耸耸肩，挠了下头，“我感到很诧异。正如我刚才所说，我对星子小姐来说还什么都不是呢。当然，主任的心情我能理解。”

所以，自己既没有对仁科直树怀恨在心，也不会给他添麻烦——拓也想要表达的应该就是这个意思。

“那你今后打算怎么办？是不是不准备再见星子小姐了？”

“这个，我也不清楚。我从来没有主动约过星子小姐，我都是被她约出去的。”

“明白了，也就是说一切取决于星子小姐。”

“是的。”末永轻轻垂下眼睛，下巴往回缩了一下。

佐山将笔记本和圆珠笔准备好，作势要记笔记。随后，特意用非常公事公办的口吻说：

“最后一个问题。请你尽量详细地告诉我们昨晚的行动。”

末永停顿片刻，叹了口气。

“是要我的不在场证据吧？”

“不错。昨天你和平时一样去上班了吗？”

“没有。”末永回答，“昨天出差，去名古屋了。”

“去名古屋出差？”

佐山不禁和矢野对望了一下。直树去大阪出差，末永去名古屋。

“是一大早吗？”

“当然是一大早。去了一家叫名西工机的公司，一直和那家公司的人在一起。”

“在那里一直待到几点？”

“其实他们还请我吃了饭，差不多晚上十点多才结束。随后我就回了酒店——名古屋中心酒店。”

“这样说来，你住了一晚？”

“是的。今天一早又去了一趟名西工机，处理了剩下的工作后就回来了。还顺道回公司作了汇报，刚刚回到家。说实话，有些累了。”

末永故意揉了揉肩。

“打扰了。这次出差是突然决定的吗？”

“也不算突然，大概是一周前决定的。”

“一周前，是吧。”

佐山询问名西工机的联系方式，末永取出一张名片。名片是名西工机技术科长的，拓也说一直和那人待在一起。

“那我借用一下。”说着，佐山将名片收了起来。

当天晚上，设在狛江警局的凶杀案专案组召开了会议。

黑板上写着仁科直树昨天起的行踪。

上午 6:00　　离开住处

上午 11:00 至下午 16:00	参加国际学术会议
下午 18:00	入住大阪绿色酒店

“尸体被发现是在今天早上七点，地点是被害人所住公寓大楼的停车场。”

警视厅搜查一科的谷口说着，扫了一眼聚集在会议室的刑警。他是在征求意见。

“请问死亡推定时间？”辖区警局的年长警察问。

“根据法医安藤副教授的推定，是在昨天下午五点到八点左右。准确时间要等到解剖结果出来后才能确定，不过，应该大致不差。”

“这样说来杀人现场是在大阪，没问题吧？”其他刑警问。

“差不多吧。仁科直树六点还在大阪。行李在酒店里，他的上衣口袋里还发现了酒店的钥匙。”

“也就是说杀人现场也许就在酒店附近。”坐在佐山身边的矢野举手问，“入住酒店的肯定是仁科直树本人吗？”

谷口并没有看矢野，而是看着佐山回答：“照片发给大阪府警进行了确认，好像是前台服务员认出来的，就是仁科直树本人。”

“记性真好啊。”

佐山说。这是他真实的感想。没有比人的记忆更不可靠的了。

“关于这点我也不太放心，又确认了一下。据说仁科直树在入住时要求自行挑选房间。前台服务员说有好几间空房，问他想住什么样的房间，他回答最好离电梯远一些。于是，服务员给了他要求的房间。据说因为有过这样的对话，服务员才清楚记得他这个人。”

“哦……不知仁科直树是不是经常这样要求房间？”

“不知道……不过，我也听说有这样的客人。”

总之，入住酒店的是直树本人，这一点得到了确认。

“对不起，可以问一下吗？”谷口小组的年轻刑警新堂将手低低地举起，“尸体是在东京发现的，是凶手将尸体运来的吗？”

“应该是吧。”

回答他的不是谷口，而是辖区警局的年长警察。谷口默不作声地点了点头。

“凶手为什么要大费周折呢？就算不想让人发现杀人现场，也没必要将尸体从大阪运到东京来呀。扔到山里、大阪湾的海里不就行了吗？”

“是想让人觉得人是在东京被杀的吧。”

有人插话道。

“不，我认为不可能。”新堂立即否定，“仁科直树去了大阪，这是很多人都能证明的。凶手费了那么大的体力和精力，效果却是零。”

“也就是说，如果知道了为什么尸体会被运到东京来，案件也就真相大白了……”谷口自言自语地嘀咕道。“仁科的人际关系怎么样？”他注视着佐山等人。

佐山先介绍了今天在MM重工调查的情况。工作上，没有听说仁科与什么人关系特别差。如果一定要说有的话，公司里流传着副主任萩原想要排挤仁科的说法。

“本来应该是萩原当主任的，被其他部门调来的年轻人横插一杠，当然不爽了。”

仁科直树进公司后，在很多部门干过，在并无先例的提拔中升到了开发企划室主任的位子。

“不过，那天萩原一直在公司，不可能是凶手。而且他也没有很强烈的动机。当然，有没有动机原本也不是外人可以判断的。”

谷口像是在自言自语，随后指示佐山道：“你说一下仁科星子未婚夫的事情。”佐山已经向谷口汇报过末永拓也的情况了。

佐山介绍了末永拓也后，所有人的表情都出现了变化。

“下任社长的女婿啊，凤凰男的故事吧。”

辖区警局的股长用时下流行的话说。

“仁科星子和直树好像不是一个母亲所生。”

听了谷口的话，佐山吃了一惊，他头一次听说。

“这是新堂刚刚了解的情况。”

说着，谷口的目光落在新堂身上。新堂站了起来。

“仁科敏树和MM重工职员光井芙美子结婚后生下了直树，不久两人就离婚了。当时，孩子由芙美子抚养。两人是怎么调解的，关于这一点正在详细调查。和芙美子离婚两年后，敏树娶了第二任妻子山本清美。清美前年病故了。敏树和清美的孩子是现在已经结了婚的宗方沙织和刚才提到的仁科星子。但是，敏树终究还是想要儿子吧，在得知光井芙美子死于交通事故之后，立刻办理了抚养直树的手续。那是在直树十五岁的时候。”

“果然还是想让儿子继承仁科家族的事业啊。”年长的警察说。

“让儿子继承家业，让女婿辅佐，这好像就是仁科敏树的打算。”谷口补充道，“直树说妹妹的结婚对象要由自己来选也是出于这个理由吧。”

“不知星子是怎么想的。现在的女孩子，我想不会顺从那么陈旧的习俗了。”

“同感，”谷口点了点头，“对这一点还需要做些调查。还有末永和星子的关系。照末永的说法，他只是星子的消遣对象而已，没有未婚夫这层关系。”

“是不是真的啊。”

先前说“凤凰男”的辖区警局股长用不屑的口吻说道。

“如果末永有那种野心，直树的存在就成了巨大障碍。”股长说。随后他问谷口：“末永有没有不在场证据？”

“有。”佐山回答，“末永昨天去名古屋出差了，今天很晚才回来。”

“名古屋？”股长低语道，“正巧末永也出差，这好像有点不对劲。”

谷口两肘搁在会议桌上，双手合掌。

“去了名古屋就不可能作案了。”

“照他本人的说法，他夜里十点之前一直和对方公司的人待在一起。”佐山说。

“十点？那就……没法作案了。”

谷口叹了口气，一脸不甘心，有些疑虑。

对于这一点，佐山也有同感。

5

第二天早晨，弓绘一上班便有几个刑警来访。他们将直树的办公桌和文件柜搜查了一遍。尽管弓绘预料到警察一定会来办公室，但没想到会是这种情形。

弓绘只好到隔壁办公室继续干活儿。那些警察在快搜查完时将她叫了过去。在会客桌前，弓绘和两个警察面对面坐着，没有其他人。

姓佐山的警察问了仁科直树最近的活动、有没有工作之外的电话打来、直树有什么反常的行为，等等。弓绘脑中没有任何线索，就直截了当地告诉了刑警。刑警多少有点失望。

“听说出差手续是你办的？”

佐山问。弓绘沉默地点了点头。

“和平时有什么不同吗？有没有给你特别的指示？”

“没有，也没什么特别的……”

说着，弓绘又支吾道：“不过……”

“不过什么？”

佐山问道。

“请老实回答。”

与此同时，一旁的年轻警察高声说道，弓绘不由自主地缩了一下身子。那个姓矢野的警察两眼充血，弓绘一开始就不喜欢他，觉得他像一头饥饿的野狼。

佐山用眼神示意矢野“你给我闭嘴”，随后又将目光转回到弓绘身上。

“发生了什么？”

他的语气很柔和。

弓绘犹豫了片刻，将为直树预订酒店时发生的事说了出来。大致内容就是，她认为酒店还是离学术会议的会场近一点好，但直树让她订了新大阪车站附近的酒店。佐山对此显然很感兴趣。

“你的意思是说他要住新大阪车站附近的酒店吧。不是他自己指定的酒店吗？”

“不是。”弓绘回答。

佐山沉思了片刻后继续问：

“你有没有注意到其他情况？”

“虽说谈不上是什么异常情况……”弓绘先来了铺垫，然后说，“我想起来，他看时刻表看了很长时间。好像是新干线那一页。”

“不是看出差那天早晨的新干线时刻表吗？”

矢野问，声音大得刺耳。

“大概是吧。但是，新干线什么时候发车是我查了之后告诉他的，他没必要再亲自查。”

“仁科先生看的肯定是新干线那一页吗？”

“肯定是。那本时刻表只有新干线的部分颜色不同，所以不会搞错。”

“明白了。”

佐山不断点头，在笔记本上记录着什么。弓绘觉得自己的记忆好像也发挥了点作用，倒也没觉得有什么不快。

“不过，”佐山合上笔记本，望着弓绘，“刚才我从副主任那里了解到，你是去年秋天从别的部门调来的吧？”

“是……”

真是个多嘴的人，弓绘想起了萩原那张脸。

“听说是特例的岗位调动，关于这件事你没从仁科先生那里听说些什么？”

“什么都没听说。请问，这与案子有关吗？”

弓绘反问道。

“没有，我没有这个意思，只是想了解一下仁科先生的人际关系。”

佐山辩解似的说着，站起身。

从警察那里脱身之后，弓绘离开办公室，向茶水间走去。途中，她听到身后有人叫她的名字。她转过身，身着工作服的酒井悟郎正朝她走来。“你好吗？”他问道。

“嗯，马马虎虎。”

“去屋顶吧。”

悟郎的大拇指向上指了指，弓绘轻轻点了点头。他们的办公室在公司大楼顶层。

要在平时，屋顶上一定会有人打沙滩排球。由于受直树一案的影响，今天没有一个人影。弓绘跟在悟郎身后，走到栅栏边停下。

“仁科先生的案子，你也受牵连了吧。”悟郎说。

“嗯。”弓绘点头道，“刚才就为这事，见了警察。”

“见警察？嗯……调查到你头上了。”

“不是接受调查，他们说只是问几个问题。因为是我为主任安排了宾馆。”

“啊，是这么回事啊。”悟郎点着头说道，“现在够你烦的吧？”

“是啊。”

“这种时候，还是不要说让你烦心的事比较好吧。”

弓绘很清楚悟郎指的是什么。她心里明白，却沉默不语。

“我说的是那件事。”悟郎双手抓住栅栏上的金属网，目光通过双臂之间的空隙往下看，“我会等你回话的。工作上的事安不下心来，你也没有时间好好考虑。”

“嗯。”弓绘点了点头，“我现在是有些累。”

“那些事让你身心疲惫吧，不要太勉强自己。”

“谢谢。”弓绘说着，露出了笑容。

“要能抓住凶手就好了。”

“嗯。我想一定会很快抓住的。日本警察很优秀啊。”

弓绘说着，眼前出现了佐山的脸。

“应该是吧。”悟郎说。

悟郎向弓绘求婚是在两周前。那天，悟郎约了弓绘。在送她回单身宿舍途中，悟郎突然停下脚步说：“和我结婚吧。”

弓绘并没有感到意外，反倒觉得悟郎终于下定决心了。因为她早就察觉到他的心思，并且也知道他想要告白却一直忍着。

“请给我些时间，”她低头答道，“希望你能让我考虑一下。我脑子有点乱，想整理一下。”

“嗯，我明白，我完全明白。你慢慢考虑。不过……”他停顿了一下，“不过，我希望你能给我满意的答复。”

弓绘还是低着头。

直到今天，弓绘也没有给他答复。

酒井悟郎和弓绘都是群马县人，两家住得很近。两人从小学到高中都在一个学校上学，也许用“青梅竹马”来形容他们的关系是再合适不过了。他们都还记得孩提时代一起玩耍的事情。

高中毕业后，两人各奔东西。悟郎进了东京的公司，即 MM 重工，而弓绘则上了本地的短期大学。“小绘，成了大学生啦。”毕业典礼结束时，悟郎带着失落的笑容对弓绘说。这件事弓绘至今记忆犹新。悟郎家似乎因父亲刚刚过世，无法供他上大学。

“女大学生没什么特别的。悟郎你进了公司才了不起呢。MM 重工可是一流公司呀。”

“我才高中毕业，前途可想而知。”

“你别这么想。悟郎，你去了东京后一定要经常回来看看。”

“嗯，我会回来的。而且也不远。”

悟郎露出了笑容。

就像约好的那样，悟郎去东京上班后经常回群马县。起初几乎都是一个人回来，渐渐地，他带着公司两三个同事一起回来的次数变得多起来了。悟郎像是同期进入公司的人中的老大。

很快便到了弓绘找工作的时候，她的选择和悟郎一样，进东京 MM 重工工作。听到这个消息时，悟郎的喜悦无法用语言来形容。

自那以后已经过去了两年。

悟郎一定感到等了太久。看来求婚也需要下定决心，弓绘想。

弓绘并不讨厌悟郎，甚至可以说对他挺有好感。一方面是因为两人同乡，另外彼此也很谈得来。和悟郎在一起的时候，弓绘感到安心。

只是，提到和悟郎结婚这件事却让她很犯难。悟郎并没有什么不好，但弓绘对他从未有过那方面的想法。当然，并非因为他仅仅是高中毕业这种荒唐的理由。

“让我考虑一下。”——这并不是弓绘简单地想搪塞悟郎的话。如果好好考虑一下，也许自己真能痛下决心，弓绘想。

午间休息结束的铃声响起来了。这个中午，两人只是透过栅栏一直在向楼下张望。

“明天下午有空吗？”下楼梯前，悟郎问，“明天有业余乐队的演出。虽说不是什么了不起的乐队，但我们同事是主唱，要我们去捧场，所以买了票。”

明天是星期五。弓绘并不是不喜欢音乐会，但她摇了摇头。“对不起，明天不行。我必须去参加葬礼，可能需要人手。”

“葬礼？啊，我想起来了。”

悟郎一时忘了仁科直树的事。听说今天仁科家要举行守灵仪式。

“如果天气放晴就好了，下雨天参加葬礼会很难受的。”

说着，他将手搭在弓绘肩上。

6

拓也感到有一只手搭上了自己的肩膀。他回过头去，首先看到了漂亮的嘴唇。一双让人联想起中国美女的眼角微微上翘的眼睛凝视着自己。她身着黑色丧服，好像是从某一幅油墨画中跳出来的人物。

星子用眼神示意“跟我来”，随即出了房间，拓也从坐垫上站起身。

拓也跟着星子进了另一个房间。那是个客厅，桌子四周围着一圈茶色皮沙发。星子在其中一把沙发上坐下，随后用下颚示意对面的沙发，拓也照指示坐了下来。

她长长地叹了一口气。“来了那么多不相干的人。”脸上流露出不耐烦的神情。“为那种人守灵，怎么会来这么多人？”

“那不是在情理之中吗？不管怎么说，去世的是仁科家族的长子。”

星子用愤懑不平的眼神望着拓也。

“你想说我死的时候就不会来这么多人？因为我是女人，而且是次女？”

“我不是这个意思。我是说仁科家族的红白事有那么多人来参加是理所当然的。”

“不错，仁科家族啊。”

星子双腿交叠，对着拓也露出阴阳怪气的笑脸。“你，不知道那人不是仁科家的人吗？”

“那人？”

“仁科直树啊。那人跟我和沙织姐姐不是一母所生。他是我父亲和前一任太太的孩子。”

“是吗?！”第一次听说，康子从未提起过这事。“原来你们是异母兄妹啊。不过，这并不代表没有血缘关系。”

“和血缘没有关系。”星子低沉而严厉地说道，“那对母子口口声声说不需要父亲照顾离开了我家，十五年来没有任何音讯。我父亲只不过是听说他母亲死了就决定把他接过来抚养。我母亲只生了两个女儿，所以父亲突然很想念和前妻生的儿子。那人来我家时已经上高中了，没有血色的脸上长满了青春痘。居然要我对这么一个突然闯入我家的人叫哥哥。我叫了呀。我叫他直树哥哥。我没办法。可是，你知道我叫他哥哥时的心情吗？直到现在我都没把他当成仁科家的一分子。和血缘没有关系。”

拓也不知该怎么回答才好，于是沉默不语。

“你今天见了我父亲？”

“是的，就在刚才。”

拓也一进门便去问候仁科敏树。仁科敏树似乎疲惫至极，拓也觉得他根本没有听自己说的那些哀悼的话。但当拓也提到警察来找自己时，他眼神中又重新闪烁着敏锐的光芒。他详细地询问了拓也和警察的谈话内容。

“对那人的死，我父亲很悲伤，大概这也是不可避免的吧。但那人却不像我父亲对他那样对我父亲。而且……”星子舔了一下上唇，“而且，甚至可以说他恨我父亲。从来我家到这次被杀，他一直都这样，恨我父亲。不，应该说他对我们仁科家族一直怀恨在心。”

“他觉得自己是被抛弃的，这种意识可能很强烈吧。”

“可能是吧。但是如果那么恨我们，离开这个家不就好了吗？他之所以没有离开，是惦记着仁科家的财产。我很了解他。他要把我们家的财产弄到手，然后挥霍一空。这就是他的复仇计划。”

“你的想象过头了吧。”

“不是想象。你明明什么都不知道，别在这里胡说八道。”

被一个满嘴胡说八道的女孩斥责自己胡说八道，也只能无语了。拓也沉默着，这在星子眼里是忠诚于她的态度。

“听说你家人都不在了？”

她的语气变得稍微温和了一些。

“我母亲在我刚出生时就去世了，父亲在我上大学的时候死了。”

“是吗。我见到你这样的人就心生羡慕。没有人束缚那有多好啊。你是不是觉得我身在福中不知福？”

“有点。”

拓也嘴上回应着，心里却压根儿不这么想。他从来没有觉得需要什么家人，被人羡慕也完全是在情理之中。

“你是靠勤工俭学上完大学的吧？确实是我父亲喜欢的类型。”

拓也一时没有反应过来，数秒之后他明白了，原来星子说的是他。他脑子里甚至连“勤工俭学”这个词都没有。

“今天有个警察来找我，姓新堂，你认识吗？”

“不认识。”拓也回答。

“很讨厌的人。两只眼睛一直盯着我。他问我有关你的事，简直像狗仔队。”

星子一脸不屑，交叉的双腿交换后，黑色裙摆抖动了一下。

“我也像艺人一样对付他。我说末永先生是我关系不错的朋友。他说，听说你哥哥不同意你俩交往。我一下发火了，我说‘我的婚姻和我哥没有关系’，把他吓了一跳。”

“一定吓着他了。”

“总之，从今往后……”说着，星子扶着沙发慢慢起身，“我的人生不再被人左右。爸爸也会只从我的人生来考虑我的婚姻。所以，”星子望着拓也，“你当然也有你的权利。没有人会再反对你了。”

拓也沉默地点了点头，脑中想着两件事：如何处置康子和星子第一次称仁科敏树为爸爸。

第二天的葬礼，来的人比守灵时的更多。星期五不是休息日，但公司高层来了那么多人，实际上公司也就陷入了运转停止状态。

拓也加入了上香的队列中，见到排在自己前面的女人时吃了一惊。那是直树办公室的女职员，见过几次，好像叫中森弓绘。

拓也向她打招呼，女子似乎马上认出了他，急忙低头行了个礼。

“你也够戗吧。”拓也说。

“有点。”她诚实地回答，一脸天真的表情。看来她不那么擅长化妆，与当下那些很会打扮的女性相比，有些土气。

这个女人知道多少仁科直树的事呢？拓也突然想到。她一直待在仁科直树身边，说不定很了解他的人际关系。她是不是已掌握了一些直树被害的线索？

“警察没去找你吗？”他试探性地问道。

“昨天中午找过我。”弓绘回答。

“他们问你什么了？”

“很多。出差的事情之类的。”

“出差的事？”

弓绘似乎怕被周围的人听见，小声告诉拓也直树让她订新大阪车站附近的酒店，以及仔细查看新干线时刻表等。

“嗯。警察对你说的事情感兴趣吗？”

“是的，看上去很感兴趣。”

“是吗。”

不太妙，拓也想。直树指定酒店地点、查看新干线时刻表，目的是为了制造不在场证据——警察可能会注意到这一点。

“还有什么吗……比如有没有凶手的线索？他们没有问你吗？”

“问了。”

“你有这方面的线索吗？”

弓绘的头和右手一起摇了摇。“我哪里会有什么线索。主任为人那么善良，绝对不会有仇人。”听上去并不光是敷衍，而是发自内心的声音。竟然会有人对直树留有这样的印象，拓也稍稍有些意外。

上完香之后，拓也告别了中森弓绘，去寻找桥本的身影。他也应该来了。不过，在找到之前他发现了也是刚刚上完香出来的雨宫康子。身材高挑的康子身着丧服仍很显眼。她似乎也发现了拓也，先停了一下，然后走了过来。

“久违了。”

她先开口招呼道。少时不见，她的脸形似乎也变了，原来轮廓清晰、很有异国情调的脸变得圆润起来。拓也想，也许是怀孕的缘故吧。

“你出现在这里有点意外。你认识企划主任？”

拓也明知故问。康子的表情没有任何变化。

“见是见过，没说过话。”康子若无其事地回答，“是冲着专务面子啊，你不也是特意为了星子小姐才来的吗？”

“差不多吧，你说得不错。”拓也用小拇指在鼻翼上挠了挠。“气色不错。”他望着康子。

“好着呢，非常好。”

说着，康子用手掌轻轻拍了拍下腹，意思是母子平安。

“那我就放心了，母子平安比什么都好。”

拓也只是嘴上说说而已。

“谢谢。”康子向上翻着眼珠，嘴唇的一角往上翘了翘，“你和星子小姐的关系进展得不错，我听说了。”

“承你吉言。要不去坐一坐，喝杯咖啡？”

拓也堆起笑容邀请道，康子露出一脸遗憾的表情。

“谢谢你的邀请，但我必须马上回公司，下次吧。”

“遗憾。那就回头见。”

说着康子正欲离开，拓也望着她的脸颊。

“本周二你在哪里？”

拓也用平板的声调问道。康子停下来，看着他。星期二就是直树被害那天。

“你不是请了带薪假吗，去哪里旅行了吗？”

毫无疑问她在咬牙，显然内心有些不安。

“你真清楚啊。”她说，“你为什么问这个？”

“没什么理由。不能问吗？”

“没什么不能问啊。请假休息，是因为带薪假没用完。托您的福，那一整天过得很优哉。”

“那太好了。你得好好保重。”

“那当然。”康子重重地点了点头，“当然会保重身体，这比什么都重要。”

她又迈开步子，走了两三步后停下来。

“我就要辞职了。肚子越来越显眼了，你不也担心吗？”

她摸着下腹，抿嘴一笑。随后，头也不回地径直离去。

拓也望着康子离去的背影，发现有人走近自己，是桥本。他也注视着康子远去的方向。他好像一直躲在某处看着拓也和康子说话。

“怎么样？”桥本小声问拓也，“康子有没有杀主任的可能性？”

“不知道。”拓也回答，“感觉可能性不大。如果她是凶手，应该知道我和你是主任的同伙。刚才的对话中没有那种感觉。”

“是在装傻吧，她可不是个好惹的女人。”

“说得不错。不过……”

拓也迅速环视了一下四周，确认没有人在注意他们后低声说：“虽说还不清楚康子是不是凶手，但必须除掉她，这点没变。你做好心理准备了吧？”

桥本有点措手不及，眨巴了几下眼睛，露出一脸战战兢兢的神情。

“怎么样啊？”拓也问。

桥本用手背擦着嘴唇说：“没……没有……别的对策了吗？”说着，他偷窥了一下拓也的表情。

“别的对策？有什么对策？”

“比如说……不用杀人的办法。”

“什么办法？”

“我也没想好。”

拓也伸出右手，一把抓住桥本的黑领带，往前一拉。桥本露出一脸惊恐。

“你别开玩笑了。”他低声说，“没时间了，说什么还没想好！你给我记住，现在已经回不去了。康子即便不是杀主任的凶手，她知道真相的可能性也很大，很危险。明白了？”拓也对桥本怒目而视。

恰好此时MM重工的一个高管从他们身边经过，拓也急忙松开手，装作两人在闲聊的模样。那个高管好像也发现了拓也和桥本，朝他们点头示意，随后走上前，压低嗓门搭起话来。什么仁科专务没了接班人够他受的，好不容易培养了那么多年等——话语中难掩幸灾乐祸。拓也随意附和了几句，心里却嘀咕着：哪用得着你担心，有我这个仁科家族的接班人呢。真的到了那一天，首先开除你这蠢货。这是个除了挑剔别人就什么都干不了的无用高管，只是没有同龄人和他争，才爬到了现在的位子。

无用高管吐出了想说的话后便从拓也他们的眼前消失了。

“这种蠢货，怎么轮得到他指手画脚！”目送无用高管的背影，拓也凑在桥本耳边上说，“金字塔尖的位子应该是有能力的人坐的，比如你和我这样的人。这种妨碍别人的人，和害虫没什么两样。这种人只能除掉。明白吗？”

桥本只是眨巴着眼睛，轻轻点着头。

“跟着我干啊？”

桥本沉默了一会儿，低下头，身体好像在抽搐。

“好了，我会和你联系的。”

拓也拍了拍桥本的肩膀，独自迈起步子，突然又停了下来，转过身。

桥本脸色煞白，有气无力地站在那里。他看上去几乎快要崩溃了。两人的目光撞在一起，桥本胆怯地低下了头。

拓也又转过身向前走。他的脑子里开始动起阴暗的念头。

处置完康子之后再处置桥本，不能手软。

7

直树葬礼的第二天，直到晌午过后桥本还待在被窝里。昨晚怎么都无法入睡，结果看深夜电视节目一直到三点。但能想起来的只有那部过时的西部片，内容已经完全不记得了。满脑子都被案子占据着。

我究竟应该怎么办？

其实，桥本极其后悔上了直树和拓也的贼船。为什么会上那种当呢？不是有比杀人更好的办法吗，比如三人共同出资，一起说服康子？

但是，事到如今什么都晚了。弄得不好，警察也许会挖出三人与这起凶杀案的关系。

只有杀了康子一条路吗？

桥本想起拓也的话：遇到害虫只能除掉。

确实，桥本对康子毫无感情可言，之所以与她扯上关系，只是出自肉体的欲望。更主要的是康子主动找上桥本的。异性经验十足、喜欢出风头的康子并不是桥本喜欢的类型。即便如此，仍和她保持着男女关系完全是因为这个女人用起来很方便。能让自己玩得尽兴，没有比她更好的对象了。

结婚之事压根儿就没有想过，因为直觉告诉桥本，康子是个危险的女人。在遇到麻烦之前干脆利落地分手是最好的方法。不过，也正因为想着这一点才一直没有和她分手。

也不是没有考虑过康子怀孕的事。桥本想，如果真的发生了那种事，给她一笔钱也就打发了。而为了尽量避免那种事发生，桥本一直很小心，但如果要问是不是做得很彻底，桥本也没有十足的把握。康子不喜欢桥本用避孕套，极力阻止过他。

杀人当然是不敢想的。搬动仁科直树尸体的感觉，至今还留在双手上。死人的脸、没有血色的皮肤，不想再见第二次了。

难道没有更好的办法了？

桥本心里嘀咕着，翻来覆去无法静下心来。这时，玄关的门铃响了。桥本穿着睡衣径直打开门，邮递员站在门口，将一个小邮包递了过来。

桥本接过小邮包，顺便打开邮箱取出邮件，然后返回客厅。脑袋晕晕乎乎的，睡眠还是不足。

几乎所有邮件立刻被他扔进了垃圾箱。猎头公司的广告和直接邮递的广告信夹在一起，中间还夹着表弟的结婚通知。表弟比桥本小三岁，结婚通知上印着他和妻子去夏威夷新婚旅行时的照片。弟媳身材娇小，很可爱。

你这小子也该安定下来了吧——每次回千叶老家时父亲总会这么说。前年，父亲从工作了几十年的商社退休了，和母亲、妹妹三个人生活在一起。妹妹也到了该谈婚论嫁的年龄了，可能不舍得女儿出嫁，父母只一个劲儿地催促桥本赶快找对象结婚。

他们做梦都不会想到自己儿子居然遇到这么一件倒霉的事吧——桥本眼前浮现出了父母的脸庞。

桥本出生在一个极其普通的家庭。全家人住在一套五室一厅的房子里，离车站徒步十分钟。门前是绿色草坪，还养着一条淡褐色的狗。父母一直以来对孩子寄予厚望。他们为孩子们选择了重视环境和升学率的学校，为了让他们考上那所学校还请了家教。饭桌上的话题总是围绕着“将来”，那让全家精神振奋，也才有了女儿进入父亲所在的商社，而儿子在一流的重工业机械公司工作的今天。桥本进入 MM 重工一事定下来那天，父亲甚至没有加班就跑回家来，这对父亲来说是十分罕见的。“为了给你庆祝。”父亲说。

桥本长长地叹了口气。

我不能令全家蒙羞。假如自己作为凶手被警方逮捕，父母和妹妹恐怕连眼前这样的普通生活都没法过了。我一定要避免这种事发生。

只能这么做。

不是没有办法，只是迄今为止自己一直在回避而已。

桥本决定和康子结婚。别无他法。为了不失去更多的东西，牺牲自己的婚姻这点事还是能做的。

当然也会有问题。比如，没有搞清楚孩子的父亲是谁，康子也许不会答应结婚。而桥本想的是，只有尽快结婚这一条路。不管孩子的亲生父亲是谁，就当作自己的孩子来抚养，还要对人保密。

“只有这一条路了。”

桥本将决定说了出来，他觉得只有这样才能坚定自己的决心。幸亏想到了家人。

问题在于末永拓也。怎么去说服那家伙呢？他似乎已经决定要杀了康子。

“他多痛快啊，没有什么可以失去的。”

桥本嘟囔着，将手伸向小邮包。寄件人一栏里写着“仁科敏树”。他打开茶色邮包,露出了著名百货公司的包装纸,上面贴着写有“薄礼”两字的纸条。

是寄给参加葬礼的人的吧，桥本想。昨天葬礼结束后回家途中，他已经收了一条白手绢。

打开百货公司的包装纸，里面装着一支钢笔和一瓶墨水。虽说是国产的，也算是高档品。黑色笔杆上镶着金。拿在手里，粗粗的笔杆分量很重。

也许是对公司里送过奠仪的人的回赠——桥本判断。

桥本想在广告信封上试着写写看，但笔中没有墨水，写不出来。他打开笔杆一看，不是那种可以换芯的款式，里面有一支墨水管，可以从墨水瓶里吸墨水。难怪还附带了一个墨水瓶呢，桥本想。墨水是蓝色的。

就用这支笔给末永写信吧。桥本穿着睡衣，坐在写字台前，打开墨水瓶的盖子。他觉得如果当着末永的面，自己很难干脆利落地告知他打算和康子结婚的事。那家伙总是给人一种压力，浑身上下充满了无穷欲望，却感觉不到一点人味。

不过，写信是不是也挺危险的？如果不小心落到警察手里，可不是闹着玩的……

桥本脑中转着各种各样的念头，开始用新的钢笔吸墨水。

“末永先生，您的邮包。”

拓也收到一只小盒子是星期六晌午，他正吃着吐司看报。

专务寄来的，会是什么呢？拓也打开盒子，里面装着钢笔和墨水瓶。纸上写着“薄礼”两字，但看上去并不是那么便宜的东西。

“想干吗呢？”

钢笔里面没有墨水。拓也打开盖子，盯着笔尖看了几秒钟后，又放回了盒子。随后，他将盒子扔进写字台。拓也不喜欢用钢笔，因为每次都必须等墨水干掉才行，他写字一般都用水笔。除此之外还用签字笔。

昨晚，他糟蹋了好几张纸，写了撕、撕了又写，用的也是签字笔。

内容是杀康子的计划。

不过，还没有完全想好。杀一个人似乎要比造一台机器人难多了。

第三章　杀人目标

1

十一月十六日，星期一。

拓也致电生产资料部的朋友。说完正事后，朋友说了一件让拓也很感兴趣的事，有关警察调查仁科直树被杀一案。那个朋友十号请了带薪假，被警察追问了老半天，诸如去了哪里、几点外出、几点回家等，即所谓不在场证据的调查。

“说实话，我连企划室的仁科主任长什么样都不知道。听我这样说，那个警察解释说那天公司里休假的人都找过了。”

朋友用对警察很不屑的口吻说。

“嗯，整体排查法吧。不知那天有多少人休息。”

“整个公司不会少于几百人吧，但也不到一千人。总部这里大概两百人左右。”

这么点人，哪怕是整体排查对警察来说恐怕也不是什么困难的事，拓也想。当然，凶手并不限于公司职员。

挂断电话后，拓也装作写报告，脑子里却一直在思考。既然警察用了整体排查的方法，那么康子也一定被问到了。那天她也休息。她对警察说了什么呢?

如果没有胡说什么倒还罢了……

想到康子在警察面前惊慌失措的样子，拓也心里就七上八下，觉得有点坐不住了。现在若是康子被警察盯上，从各种角度来说都将对他很不利。康子被人关注，应该是在她的尸体被发现后，这才是自己最初的计划。

那家伙在干吗呢？拓也向旁边研发一科的办公区望了一眼。上班时间已经过去三十多分钟了，桥本却还没有出现。桌上干干净净的，外出记事板上也是空白一片。

这种时候还请假休息？拓也有点生气。他不希望桥本现在做出什么受人关注的事。如果是生病，那就没办法了。

过了片刻，一科科长走到桥本办公桌前，对着股长用手指在办公桌上敲了几下,意思是“这个人哪儿去了”。人人皆知的那个无能股长，手搭着脖子，歪了歪脑袋。科长指示他立刻打电话。

拓也站起来，装作找资料，向桥本的座位走去。装有资料和实验数据的文件夹放在靠墙的书橱里，因此拓也走到一科的办公区也没有什么不自然。

那个股长正在打电话。他拿着电话，好像没人接。过了一会儿，他死心似的放下电话。

“没人接？”科长问。

“没人接。”股长回答。

“那小子干吗来着呢……”科长嘀咕了一句后回到自己的位置上。

那家伙在干吗呢？拓也也这样想着。遇到什么事了吗？

拓也脑中闪过的第一个念头是桥本是不是逃走了？他既没有杀人的勇气，也没有解决问题的办法，会不会想不开玩起了失踪？应该不会发生这种事吧，拓也想。

再等等吧，拓也开始思考其他可能性。胆小的男人，比起逃跑不是还有更直接的办法吗？

“自杀”——这是想不开后可以选择的办法。

如果真是那样倒是如我所愿，拓也想。眼下，那人只是块绊脚石。不过，死了当然好，千万别留什么遗书啊。

到了下午，桥本还是没有出现。

拓也去了实验楼。那是公司为了实验特意建的。拓也等人使用的是三楼，房间里摆满了新设计的机器人、实验器械等。

拓也手拿装满速溶咖啡的纸杯，抬头望着眼前那些由金属堆建的家伙。

机器人长长的手腕能以微米的精准度摆动，手指既能轻轻抓起小鸟，也能捏碎砖头。由于导入了模糊理论，它们甚至可以完好无损地抓起硬度不同的豆腐。而且，它们的眼睛还能立体地辨别物体的形状。

太完美了，拓也点着头，喝了一口咖啡。这台机器人取名叫布鲁特斯。拓也进公司后一直从事机器人设计工作，布鲁特斯是他最成功的作品。

布鲁特斯并不是万能的。但在一定条件范围内，它的能力超过了人。它远比现场那些只会发牢骚的工人更能迅速地完成高精度的工作。

每当想象这台机器人投入到生产第一线那天的情景，拓也便会兴奋不已。其他人一定会惊得目瞪口呆，他想。

机器人终究超不过人——拓也最讨厌说这种话的人。说这种话的净是些没什么能力的人，这让拓也更加不痛快。人能够干什么？什么都干不了。只会撒谎、偷懒、胆小、忌妒。能干出些漂亮事的人，这世上能有几个？大部分人只会跟着别人的指挥棒转。当听不到指令时，就会不安,变得不知所措。单是按某个固定程序干活儿的话,毫无疑问,机器人比人优秀得多。

而且，你们不会背叛——看着站在跟前的机器人，拓也心中暗道。

这就是他研究机器人的最大动机。包括自己在内，所有人都会心生背叛。对人期待越大就越失望。

机器人不会背叛。

它们做的事不会超出期待，总是十分忠实于程序。机器人做出错误的举动，原因肯定在编制程序的人一方。

拓也走到布鲁特斯身边，伸手去触摸它的金属身。它是拓也在这世上唯一能够容忍的对象。与它对视，拓也甚至忘却了时间，会心地笑出声来。那笑声来自心中的平静，没有任何理由。世上亲情的感觉是不是这样呢？他想象着自己从未感受过的世界。

突然，他听见“哐当”一声。声音来自器械背后。

“谁？”

拓也离开机器人，向出声的地方走去。他看见一个黑色身影从器械之间的空隙中穿过，向门口跑去。

拓也跑到走廊上，有人正从楼梯往下跑。能听见响亮的脚步声，但已不见了人影。

究竟是什么人?

拓也不由得心里一紧。

第二天，桥本仍然没有出现。一大早股长和科长就在桥本的办公桌边转来转去。下午一个高层意见征询会好像桥本应该参加。他要在高层领导面前报告研究内容，就连这点事，桥本的上司，即股长和科长都没法代替。

“昨天我回家时顺道去了他的住处，应该不在家。我按了门铃，没有任何反应。”股长解释道。

“不在？不知是从什么时候开始的？”

科长的表情很焦急。

“大概是星期六下午。”

“星期六？你怎么知道？”

“邮箱里塞着星期六晚上和其后的报纸，但没有星期六的晨报。”

“明白了……”

科长露出了满意的神态。拓也也产生了一丝钦佩。虽说不是什么了不起的举动，但对这个股长来说已经很出人意料了。

“没办法，给他父母家打个电话。”

科长指示股长，他似乎已经忍不下去了。科长的说话声太大，惊动了其他科室的人，那些人用好奇的目光朝一科办公区张望。

接到指示后，股长查了一下桥本父母家的电话号码，赶紧拨打。电话好像接通了，股长结结巴巴地说明桥本缺勤的情况，随后问对方有没有线索。从股长的表情来看，桥本的家人似乎也不知道桥本不来上班的原因。

“桥本的父亲说要去他的住处看看。”

挂断电话后，股长说。

“不是没人吗？”科长说。

“他说会请管理员开门，说不定在房间里病倒了……”

后面这句话故意说得很含糊。

“病倒了？不会吧。”

科长嘴上这么说，但还是流露出了不安的神色。他轻声说：“桥本的父母住在千叶吧？无论如何都赶不上下午的意见征询会了。”

他的脑子里似乎塞满了这一念头：怎么在高层领导面前说明桥本那些难懂的研究内容。

“铃木，你帮我准备一下。”

他似乎已经下定了决心。铃木是股长的姓。

桥本死在自己的房间里，传出这一消息大约是当天下午两点。

拓也想知道桥本究竟出了什么事，便没有去实验楼，一直坐在写字台前工作。当他听到这个消息时，差点跳起来。如此一来，知道秘密的人又少了一个，实在太好了。他的心情别提有多痛快。

“死因是什么？”

拓也装出一脸好奇的神情，加入到聚集在一起谈论桥本死亡的职员圈子里。

“还不太清楚。桥本的父亲一进房间就看到那家伙坐着，已经死了。”

比拓也年长一岁的男职员回答。

“坐着死了……没有外伤吗？”

拓也问道，因为他脑子里浮现出的是桥本割腕自杀或上吊自尽后的情形。

但是，答案完全出乎拓也的意料。

“没有外伤。病死的，好像说是心脏病突发。”

2

尸体运走后，佐山深感奇怪。听到MM重工职员、仁科敏树很器重的一个男职员离奇死亡的消息，佐山便从设在狛江警局的专案组赶了过来。但是，没有任何迹象表明桥本是被杀的。有可能是死于疾病。

“不用白费劲了，是突发性心脏病。”

矢野说着，毫不掩饰一脸的不耐烦。他原以为又发生了一起凶杀案，便跃跃欲试地赶了过来。

桥本敦司被发现时，上身俯卧在写字台上，已经死了。他穿着睡衣，身边放着一支钢笔。那些广告信件之类的东西，应该是星期六寄到的，所以推测死亡时间是星期六下午。

没有外伤，没有特别可疑的尸体反应。

“死亡时机太可疑了。仁科直树的葬礼刚结束，太巧了吧。而且，他父亲说他没有心脏病之类的毛病。”

“这些没有参考价值，就连那些心脏出奇好的运动员，也有死于突发性心脏病的。”

“是听说过这样的事情。”

“总之，桥本的死纯属偶然，不可能有计划地让人突发心脏病。”

“也许你说得不错。不过，还是查一下他身上的东西，该做的总得做一下。”

佐山环视了一下房间，走近书橱。书橱里除了电子工学和机械工学等专业书外，还有一些文库本历史小说、科幻小说、旅行手册等。

一个普通的工薪家庭——佐山拿起书橱里放着的一个相框。相片上是桥本和他的父亲，还有两个人应该是桥本的母亲和妹妹，大概是一家人去哪个温泉时的合影。从桥本的年龄来推算，相片可能是十年前的。

“真不幸。”

佐山不禁自语起来。好不容易将儿子抚养成人，终于可以独立了，但就这么突然死了。较之本人，佐山更同情桥本的父母。

佐山将相框放回去时，背后响起“哐当”一声，他转过身来，见矢野蹲坐在写字台底下，紧接着发出声嘶力竭的喊叫声，躺倒在地。

“喂，你怎么了？”

佐山问着，伸手打算扶起矢野，矢野只是拼命地咳嗽，无法作答。究竟发生了什么……

佐山顺着矢野的视线向桥本的写字台上望去。

崭新的钢笔被扔在一边。

第二天，星期四。

“氰化氢？”

佐山等人双目圆睁，盯着鉴定报告。用氰化钾、氰化钠等杀人的方法已经司空见惯，但这是氰化氢……

这里是荻窪警局的会议室。由于桥本死于他杀的可能性变得越来越大，警方建立了专案组。考虑到本案与仁科直树被杀案关系密切，实质上采取了并案侦查的方法。狛江警局的警察也赶来了，会议室拥挤得让人透不过气来。

“这支钢笔与在本案中使用的钢笔一样。”

鉴定科职员举着一支钢笔，黑色的，很普通。他将钢笔分解开来，示意大家看装墨水的管子。

“这是墨水管。也就是说，这支笔不是那种换笔芯的款型，它需要从墨水瓶里吸墨水。将笔尖插到墨水瓶里，通过活塞活动，就能吸入墨水。这和过去水枪的原理是一样的。问题在于墨水的入口。据我们化验的结果，这个部位存有氰化钾结晶。”

会议室里顿时响起一片议论声。

“那会出现什么情况？”获窪警局的局长问。

“在这种情况下什么都不会发生。因为它是很稳定的物质。但是……”

鉴定科员拿出墨水瓶，它也和从桥本的房间里发现的墨水瓶一样。他打开盖子，将笔尖插了进去，挤压活塞。

“这样将墨水吸进去后就会发生变化。不过，变化的条件是必须使用蓝墨水。蓝墨水是酸性的，遇到氰化钾后会起化学反应，最终产生氰化氢。”

议论声变得更大了。

“黑墨水不行吗？”局长问。

“不行。制造蓝色需要酸性成分。实际上，我也化验了在案发现场找到的蓝墨水瓶，发现它比市面上卖的墨水酸度稍微高一些。也就是说有这种可能性，凶手为了加快化学反应，事先滴了几滴硫酸进去。”

“这是高智商犯罪。”有人说。还有几人赞同似的点着头。尽管有那么多警察聚集在这里，但好像没有一个人经历过这种案子。

“桥本敦司是吸了这种气体死的吧？”

一个警察问。

“不错。虽然不知道产生了多少气体，但由于使用的是钢笔，气体源极其靠近脸部，可能在扩散到空气中之前就已经被吸入体内，所以桥本基本上是当场死亡。”

“真恐怖。”有人说。

“氰化氢非常可怕。实际上发现尸体时化学反应已经趋于平稳，只是狛江警局的矢野在摆弄钢笔时，残留的物质又起了反应。虽然产生的气体极少，但还是刺激了矢野的呼吸道中枢神经，他才会倒下。所幸没有生命危险。”

警察中有人不禁笑出声来。鉴定科员提到的矢野还在医院。对矢野来说这是一次飞来横祸，但却因此发现了钢笔上的圈套。据说若是氰化氢中毒，即便解剖尸体也很难发现真正的死因。

钢笔鉴定的汇报结束后，荻窪警局的刑事科长对钢笔的情况进行了说明。钢笔是上星期六以小邮包的形式送到桥本手上的。尸体旁散落着被视为用来包装邮包的纸。从包装纸上可以发现，寄件人是仁科敏树，邮寄日期是前一天，即十三日，上面盖着调布邮政局的邮戳。该邮局的位置紧临着MM重工。

“关于这一点，询问了仁科先生，他说没有寄过这样的东西。”

这是理所当然的，佐山想。凶手不可能写自己的名字。只是对于使用仁科敏树的签名这一点仍有些疑惑。

地址、收件人及寄件人等都是用打字机打印出来的。打字机的种类尚未确定，但与MM重工各部门办公室中的电脑终端机打印出来的字体多少有些不同。

钢笔的生产商是S公司。在桥本的房间里发现了疑似用来包小盒的东友百货公司的包装纸，以及包在邮件外面的包装纸。包装纸上贴着一张写有“薄礼”的纸条。

考虑得真周到，佐山对凶手的手法产生了一点点钦佩。在仁科直树葬礼第二天，收到丧主家寄来的写有“薄礼”字样的小邮包并不足为怪。因此桥本中了圈套也并非不能理解。

会议开始制定以后的行动方针。荻窪警局负责调查钢笔和氰化钾的源头，狛江警局负责挖掘桥本被杀案和仁科直树被杀案的关系。

会议结束后，佐山等人前往狛江警局。佐山和谷口警部并坐在年轻警官驾驶的警车后座上。

“仁科凶杀案的侦破工作尚且停滞不前，现在变得更棘手了。”在警车发动的同时谷口开口道，“问题是这次的案子和前一个案子有什么联系。桥本是不是被杀害仁科直树的凶手出于相同的动机杀害的，还是桥本本身与仁科被杀案有关系。”

“应该从这两种可能性去考虑吧。”佐山说，“首先我会调查仁科直树被害当天桥本的不在场证据。”

谷口当即点了点头。

“你就照此办。不过，桥本不在那天休息的人的名单中吧？”

“不在名单中。但是，不好说。”

“不错。也有不交假条擅自缺勤的可能性。”

“我还会去调查桥本和仁科直树的关系。”

“工作上是不是有关系？”

“都是研发部的人，说不定有关系。”

佐山想起了在直树手下处理事务性工作的职员，那人应该叫中森弓绘。她也许知道些情况。

“那天请假休息的人的不在场证据全部调查完了吗？”

佐山换了个话题。

“和仁科直树有关系的人都调查了，姑且算是都完了吧。”谷口说得含含糊糊，“原以为请假的人总会有这样那样的理由，想不到有那么多人，吓了我一跳。好像是公司指示大家有计划地消化带薪假，所以陆陆续续选在这个时候休假。国人太勤劳，不懂怎么休闲，这的确是事实。大多数人一整天待在家里看电视，或是在弹子房打发时间。”

“这些人，要确认他们的不在场证据可不怎么好办。”

“的确如此。”

“有没有可疑的人？”

“只有一个。”谷口说着竖起一根食指，“不过，只是因为她在那个部门。”

“谁？”

“仁科敏树他们董事办公室有个叫雨宫康子的事务员。这女人当天也请假休息了，但没有确切的不在场证据。她自己说在街上瞎转。”

佐山叹了口气。

“这一点也说不上有什么可疑。”

“是啊。而且，这种杀人案女人大概干不了吧？”

“勒死……”

直树是被人从身后用绳子勒死的。根据尸体解剖的结果，没有从直树体内发现安眠药等物质，这说明他应该抵抗过。男人若垂死挣扎，普通的女人会被甩得很远。

“当然，”谷口说，“如果有同伙情况就不一样了。”

“同伙？是啊。”

佐山的脑子又开始转起来了。仁科直树被杀案案发后，他脑子里一直有个疑问，现在似乎有点眉目了。

“你在想什么？”

谷口问。佐山摇摇头。

“没想什么。”

开始有点眉目的东西要想成形，还得稍假时日。

3

拓也星期三晚上看新闻时才知道桥本不是病死的而是他杀。这件事本身已经够耸人听闻了，更让他战栗的是杀桥本的方法。

“凶手使用的凶器是与此相同的钢笔。墨水管部分事先放进了氰化钾……”

新闻主播正进行说明。拓也迅速跑到写字台前，从抽屉中取出星期六收到的小邮包。

一点不错，与电视画面上出现的钢笔完全相同。蓝墨水瓶、东友百货公司的包装纸、“薄礼”两个字、寄件人，所有东西都如出一辙。

还有……

他拧开钢笔，墨水管部分是半透明的，仔细看的话，里面确实有什么东西——白色的结晶体。

拓也浑身鸡皮疙瘩都起来了。

“这、这、是怎么回事……”

他放下钢笔，凝视着它，故意怪腔怪调地自语道，他想稍微缓和一下心中的恐惧。谜一样的杀人魔王，不仅杀了桥本，还企图杀他。

并且，拓也确信这个凶手与杀仁科直树的是同一个人。虽然不知道为什么，但这个人的目标瞄准了制订谋杀康子计划的三个男人。

接下来他要杀的是我——拓也的背后感到阵阵凉意。

凶手还会想出其他办法吗？他一定知道自己绝不会向警方报案说“我也收到了钢笔”。

星期四的晨报已经断言桥本的死是他杀。可能因为钢笔杀人给人的印象太过奇特，报上刊登了各个行业的评论家们的谈话。非常具有独创性的杀人手段，凶手一定精通有毒物品——某推理作家如此评论。这是一个局外人轻巧的发言。

其他栏目中还刊登了 MM 重工职员说的话，那人将先前发生的仁科直树案也扯了进来，不过，他完全没有谈到两个案件的共同点和关联。没有任何根据，想要谈也谈不出名堂，这恐怕才是真正的原因。

读完报纸后，拓也做好出门的准备。他穿上鞋，在开门前再次环视了一下室内。窗户关得严严实实的，燃气阀也关上了。

不过，下班回家后，还是不能轻率地进门，他想。

不管门窗关得有多严实，只要想的话恐怕还是能进来。凶手有可能趁自己不注意时已经配好了另一把钥匙。潜入后，可能就躲在冰箱另一侧。也可能事先打开燃气阀。虽然天然气不会造成一氧化碳中毒，但有可能等到自己进门后，在打开日光灯的瞬间突然爆炸。

还有在冰箱里的食物中投毒的办法，拓也想。抽掉洗衣机的保险丝，让他触电身亡也是一种办法。

办法可以有各种各样，想到这些，他露出了僵硬的苦笑。现在想到的几种办法，每一个都是自己在考虑怎样杀康子时想到过的。做梦都没料到，这些念头会用于保护自己。

不管怎么说必须争取主动——出了玄关、关上门，凝重的表情重新回到了拓也脸上。

到了公司，办公室的人果然都在谈论桥本被害的事情。不过，倒也没有人高谈阔论。各个角落都是几个人围成一堆，大家神情黯淡地小声说着话。

拓也坐到了自己的座位上。办公桌上放着一张纸条，上面规整地写着一行字："末永先生，仁科专务叫您去一下。"这是同一科室的女职员的笔迹。

拓也和已经来上班的股长打了一声招呼，便走出了研发部办公室。

走进专务办公室时，宗方伸一已经在里面了，他和仁科敏树面对面坐在沙发上。敏树示意拓也坐在宗方身边。

“把你叫来不为别的，是想问问直树和桥本的事。”

拓也刚一落座，敏树就开口了。没有多余的开场白是这位专务的特点。

“在这个案子上你有没有一点线索？”

和平时一样，敏树的语气很沉稳，根本看不出就在上周这人的儿子被人杀害。

“完全没有。”拓也回答，“可是，您为什么问我呢？我和仁科主任还有桥本关系算不上特别好。”

敏树脸上的表情没有任何变化。

“理由很简单。我和宗方谈起这次案件，他说最有杀害他们两人明确动机的人应该就是你。”

听到这话，拓也吃惊地转过脸去看宗方。宗方好像并没有在听敏树说话，也没有注意到拓也的目光，眼睛盯着墙上的风景画。

“直树好像不同意你和星子的关系，桥本也不能不说是你在星子问题上的竞争对手。当然……”

敏树换了一下坐姿，两条腿交叉在一起。“宗方还说你绝对不会选择很容易被人怀疑的如此明显的手段。我们也非常清楚桥本早已不是你的竞争对手了。但是——”

敏树稍稍提高了声调。拓也不由自主地挺了挺腰。

“这种事不能只凭感性的想象，还需要有理论上的支持。你真的一点线索都没有吗？”

“没有。”拓也挺着腰回答。

“那被警察怀疑时你能证明自己的清白？”

“能证明。”拓也瞄了一眼宗方后继续说道，“实际上，警察已经找过我一次，调查我的不在场证据。主任被害当天，我去名古屋出差了。

这一点很多人都能证明。后来警察也没再来过，大概他们验证了我的不在场证据吧。”

听完拓也的话，敏树看了宗方一眼，轻轻点了下头，随后又看着拓也。

“行了，明白了。我不是怀疑你，只是想了解一下客观事实。这样我也能和你商量和这个案子有关的事情了。”

“好的，不管什么事……”

拓也望着敏树的眼睛回答。此时，有人敲门。康子端着茶盘进来了，上面放着三个杯子。拓也马上避开了视线。

“谢谢，想得真周到。”

敏树对康子说。康子好像笑了一下。

“我也算受到这位雨宫小姐的照顾吧。听说你要辞职了？”

“是……”

拓也瞄了一眼康子的侧脸，差一点撞上康子的目光，随即他还是将头低了下来。

“真是女大不中留啊。”

宗方说。

“是啊，太伤感了。”

敏树接着宗方的话说，一只手伸向了茶杯。康子默不作声地向门口退去。在她关门的瞬间，拓也瞥了她一眼，她正微微点头告辞。

只是在最后一瞬，两人的目光撞在了一起。

拓也离开专务办公室刚上电梯，宗方跟了进来。电梯里没有别人。

“你恐怕不高兴了吧，但情况不允许我们串通一气。希望你能理解。”宗方注视着正在合上的电梯门说。

"我没往心里去。"

"那就好。机器人开发部的事连我都不太清楚，我需要你的配合。"

听宗方的语气，似乎航空机械开发部的事全都在他的掌控中。

"和部门不一定有关系，仁科主任和桥本凑巧在一个部门罢了。"

"希望如此。如果和部门有关系，问题就大了。"

电梯停了下来，门打开。"失陪了。"宗方说着就要出电梯。拓也伸手挡住他。

"不过……"拓也舔了一下舌头，问道，"宗方先生，您在这次的案子中成了专务的帮手，请问您是不是在客观上已经证明了自己的清白？"

不知他会有什么反应，拓也兴趣十足地等待对方的反应。宗方的表情没有起任何变化，看上去倒像是他觉得拓也提了一个很有意思的问题。

"当然已经证明了。"宗方说，"那天我去了横须贺，晚上去了仁科公馆。凶手在运送尸体时，我正和专务举着酒杯用白兰地干杯呢。"

说着，宗方轻轻推开拓也的手，出了电梯。

拓也回到办公室，脑子里想着宗方的话。他说去了横须贺，应该指的是航空机械开发部的车间吧。也就是说他去了那里之后，晚上就返回了。

如果他不能证明自己去了横须贺，也就不能证明他的清白了，拓也想。所以，运送尸体的自己和桥本两人，这段时间里有没有不在场证据都是毫无意义的。关键在于直树被杀的时间。

宗方伸一……

不能掉以轻心。仔细想想，他是仁科直树死后受益人中的一个。仁科家族没了儿子，目前情况下宗方就成了敏树事业的接班人。再往前看一步，他坐上 MM 重工社长的位子也不是水中捞月的事。

但是，宗方没有杀桥本的动机。即便从直树的尸体上发现了那份联合署名，谋杀康子的计划和宗方也没有任何关系。

不，不仅是宗方，无论杀直树的凶手是谁，都没有理由杀在那张纸上签名的桥本和自己。

如果要找理由的话……

此刻，拓也再次想到了康子。要对那些计划杀自己的男人复仇，如果真是这样倒还说得通。

不管怎样，必须杀了那个女人，拓也想。无论康子是不是杀直树和桥本的凶手，对拓也来说她都是一个危险的存在，这点没有改变。她说要辞职，如果是回老家的话就难以下手了。

即便她不回老家，还是要早点动手才好——拓也像握刀那样紧紧地攥着手里的自动铅笔——在警察还什么都没发现之前。

拓也想，如果能制造出杀直树和桥本的是康子、而康子最后自杀的假象，那就再理想不过了。

最糟糕的情况是，警察抓到了真凶，而凶手交代出包括自己在内的三个男人预谋杀康子的事。在事情暴露那一瞬间，一切就都完了。

要尽快下手，越快越好。

拓也使劲握了一下自动铅笔，办公桌上的电话铃声响了。他一下子回过神来，拿起听筒。

“这里是研发二科。”

“末永先生？是我。”

电话那头是仁科星子的声音。

4

上班铃声刚一响，弓绘便被萩原叫去，让她从主任办公室搬到大办公室去。研发一科的桥本被杀的消息一传开，办公室又变得不安宁了。

“主任一个人占一个房间，这本身就很奇怪。那个办公室准备用来做资料室。你今天就将你的办公桌和文件盒之类的东西搬走。对了，顺便也整理一下文件。”

萩原语速很快地发出指示，弓绘低着头回答：“我明白了。”她经过萩原办公桌前时暗自庆幸。仁科直树死了之后，萩原成了名副其实的开发企划室主任。他会不会将自己的办公桌搬到主任室呢？弓绘的内心一直忐忑不安。弓绘不喜欢萩原对人冷冰冰的态度，她觉得他是那种性格很阴暗的人。一想到要和这种男人成天独处一室，简直快得抑郁症了。

仁科主任是那么友善——弓绘一边整理办公桌，一边想着直树。哪怕办公室里只有他们两人待着，也从来没有过透不过气来的感觉。他总是很善解人意，让人在工作时有一个好心情。

如果换个角度考虑，那才是最大的谜，她想。仁科主任为什么对自己这么好呢？不，更重要的是在这之前的问题，他为什么将自己调到他的办公室来？

当然，弓绘也记得直树曾经很难接近。但是，这种印象渐渐变淡了，现在只剩下了好印象。

这样的仁科直树被人杀害了——这是弓绘最难理解的事。他是不是生活在只有他自己才知道的复杂的人际关系中呢？就连研发一科的桥本，不也是一个看上去很不错的人吗？

“啊！”

弓绘的手停了下来，她想起了一件很重要的事情。不，是不是重要尚无把握，但不应该默不作声呀。

那是多少天之前的事呢？弓绘看了一下日历。仁科直树曾经将桥本叫到这个办公室来。那时，他让自己出去，就像他们要密谋什么……

不，不光是桥本，她想起来了。对了，还有末永。研发二科的末永也来了。

这件事该不该告诉警察？弓绘很犹豫。如果因为这件事让末永受到警方怀疑的话，大概不太厚道吧。

下次被问到的话——她点了点头，还是不要主动说出来。被问到再告诉警察。

决定了之后，弓绘的心情轻松了许多。

弓绘默默地收拾办公桌，将文件架里的文件整理好。前几天警察来的时候，带走了直树的个人笔记本电脑，工作上的文件没有动。

“嗯？”弓绘整理到文件架最下面一层时吃了一惊。好几份标着“××年度业务计划”字样的薄薄的文件夹中胡乱地插着一份很奇怪的文件。

“昭和[①]四十九年业务计划”。

弓绘觉得奇怪，因为开发企划室是昭和五十年创建的。怎么可能存在创建之前的计划书呢？

弓绘将那份文件抽了出来。更奇怪的是，文件看上去并不旧。如

---

①日本昭和天皇在位期间使用的年号，时间为1926年到1989年。

果是昭和五十年的文件，怎么也该变黄了呀。

它究竟是份什么样的文件？弓绘情不自禁地翻开封面。

在年轻男职员的帮忙下，弓绘终于将办公桌和文件架都搬完了。办公桌紧挨着萩原，她在新座位上坐下。

“请多关照。”

萩原又打了声招呼。

“请多多关照。”弓绘回答，声音很沙哑。

“怎么了？你脸色很不好。”

“没什么，稍微有点累。”

弓绘轻轻摸了一下脸，然后开始往办公桌上摆办公用品，并尽量摆得顺手可取。

电话铃声响了，是萩原桌上的电话。萩原立刻拿起电话，说了几句话之后，用手捂住话筒，看着弓绘。

“中森小姐，现在有时间吗？警察又来了，在大堂，说有事找你。”

“警察……”

稍稍考虑了一下，她点了点头。“好的，现在有时间。”

萩原又和对方说了几句，放下电话。

“他们在会客室的十二号桌等你。警官姓佐山。”

弓绘按萩原所说的来到会客室，只有佐山一人坐着等她。上次一起来的看上去血气方刚的警察怎么没来？弓绘心里纳闷。她和佐山打过招呼后，在对面坐下。

佐山从仁科直树的事情开始提问：在那之后有没有回忆起什么、是否听到一些可疑的传闻，等等。

“没有。”弓绘回答。

“有没有发现些什么？”

“发现？您指的是什么？”

“和案件有关的东西。比如仁科先生的笔记本之类，没有吗？”

弓绘两眼看着桌子，捏着手绢。

佐山继续提问，净是些和上次一样的问题。所以弓绘也只能和上次一样回答，没有任何线索。

“有关桥本先生的事……”佐山换了话题，“有没有发现他和仁科先生有关的事情。比如最近两人工作上是否关系密切，有没有对什么事有着共同的兴趣，诸如此类。”

弓绘歪着脑袋听着。佐山继续问：

“比如，最近两人见过面吗？”

“两人……”

“不一定就两人。”

弓绘把手绢捏得更紧了。随后，她抬起头，两眼注视着佐山：

“没有，我不记得了。”

回答的语气十分坚决。

5

佐山看着中森弓绘离开会客室后，走到来访者登记窗口边上的公司内部电话前，拿起电话给研发一科拨电话。他事先已经约了姓铃木的股长。

接起电话的铃木回答：“现在马上过去。”他的声音给人的印象是比较懦弱。

打完电话后，佐山又回到会客厅的桌边，脑子里开始整理迄今为止调查的成果。从桥本父亲那里了解到的是，儿子桥本敦司和仁科直树没有什么私交。其实桥本父子是分开过的，儿子和仁科的关系究竟如何他应该也不是很清楚，但是……

“敦司这孩子从不对我们隐瞒什么。”

父亲充满自信地回答。佐山觉得这种自信中隐藏着难以表露的东西，但他没有说出来。

从中森弓绘那里没有获得任何信息，佐山对此有点失望。她是离仁科直树最近的人，理应有些线索。

不过，他在狛江警局却听到了一件很奇怪的事。

这件事与弓绘有关。据说过去在设计部门工作的弓绘，是被直树强行调到现在这个部门的。此事在公司内部颇受议论，最后也仅仅被当作传闻没了下文。

案发当天，中森弓绘并没有请假。

不过还是要调查一下，佐山心想。突然，他觉得有人站在自己跟前。他抬起头来，一脸寒酸相的男人正对自己躬身行礼，和电话中给人的印象一样。

“也就是说，那天桥本一直加班到晚上九点多？”

对佐山的提问，研发一科的铃木频频点头。虽说他是桥本的上司，但只是徒有其表，事实上桥本完全是按照自己的意愿进行研究，铃木坦言道。

“您一直和桥本先生在一起吗？”

“虽说不是一直在一起，但我知道他一直在公司，因为我在实验室见过他。”

“明白了。”

没办法，桥本九点之前有不在场证据，佐山想。他又问起十一月十二日，即仁科直树被害当天桥本的行踪，得到的回答是他好像也在公司上班。

“桥本先生是一个怎样的人？”

佐山用随便聊天的口吻问。铃木这才好像神经松弛了下来。

“是个老实人。身体挺健壮的，但心还是很细。”

语气轻松了许多。

“是个雄心勃勃的人吗？”

“雄心勃勃？不。他给人的感觉不是很雄心勃勃的样子，但还是挺有追求的。”

“怎样的追求？”

“他说将来想涉足航天开发事业，所以向公司请求派他去美国的MM重工，那里有那项业务。好像公司答应了，他本人也十分高兴……想不到出了这种事，真遗憾。”

说到这里，铃木的语气变得沉重起来。

“他和仁科直树先生的关系怎样？听到过什么传闻吗？”

铃木歪了歪脑袋。

“工作上有些交往，没见过他们有什么私人关系。”

“对之前的仁科先生被害案，他是怎么说的？”

股长又歪了歪脑袋。

“他没说过什么。”

“是不是故意回避这个话题？”

“倒也不是。他可能认为这是别人的事吧。他不会想到自己也会遇到这种事。总之，他应该不是个会和人结仇的人。对父母又很孝顺，每个月都要回千叶老家几次，听说还开车带父母外出兜风，这一点真了不起啊。”

“是挺了不起。”佐山回应了一句。铃木的话中，有一句引起了他的注意。

“桥本先生喜欢开车兜风？”

“好像是吧。听说还一个人开车去过伊豆。”

“他开什么车？”

“我想想。在公司集体慰问旅行时我坐过他的车。”他用拳头在光秃秃的额头上轻轻敲了几下，“啊，我想起来了，是皇冠。他说为了让父母坐得舒服些才买了这一款。”

“皇冠……”

佐山想着皇冠的车身，不单是座位，后备厢也很大。

“那次公司慰问旅行，虽然开车会很累，但他很干脆地接受了任务。他的为人真的很不错。为什么他会遇到这种事，我真的无法理解。”

佐山心不在焉地听着，铃木一打开话匣子似乎就变得没完没了了。

桥本的白色皇冠车停在公寓大楼东边的停车场里。应该是经常打蜡的缘故，车身看上去很新。桥本的性格，通过这一点似乎也反映出来了。

照这样看，他平时一定也会将车内打扫得干干净净。

如果真是那样，要作出判断就更困难了，佐山想。

“九点之前在公司，这说明桥本是清白的，检查他的车不也是浪费时间吗？”

当佐山提出要检查桥本的皇冠车时，谷口带着疑惑的口吻说道。佐山当然明白他的话没错。

“再确认一下吧，”佐山坚持道，“直树的尸体被搬运过，那就是说用了车。从凶手的心理来说，不会用租来的车，因为怕留下证据。这辆运尸车也许出乎我们的意料，就在我们身边，我是这么看。”

“从理论上我赞成你的看法。”谷口点着头说。

事实上，他发出指令对直树的私家车沃尔沃进行彻底检查，因为凶手也可能用直树的车来运送尸体。不过，在沃尔沃车上没有找到任何证据。况且邻居们也证实了，案发当天沃尔沃一直停在停车场。

“那你就试一试？也有这种可能，桥本把车借给凶手。”

考虑片刻之后，谷口同意了佐山的要求。

会有收获吗？哪怕找到一根头发也好。佐山看着别人在检查皇冠车，暗中祈祷自己的直觉是正确的。

“怎么样？”

他问正在检查后备厢的侦查员。年纪尚轻的侦查员一边忙着手头的工作，一边歪着脑袋说：

“有最近打扫过的痕迹，连一小片纸屑都没找到。”

“哦……”

有最近打扫过的痕迹，说明还有希望，佐山想。凶手不可能不打扫运送过尸体的车辆。当然，若因此而找不到凶手留下的痕迹也着实让人心有不甘。

佐山走到驾驶室旁边，侦查员正在轻手轻脚地仔细采集指纹。假如凶手借用过这辆车，方向盘上也有可能留下除桥本之外其他人的指纹。

“很干净。”侦查员对佐山说，“树脂部分全都涂上了保护液，没有一点灰尘。看不出这辆车已经用了两年，应该打扫得相当频繁。”

“不是最近匆忙打扫的吗？”

“我觉得不是这样。假如平时不那么勤于打扫，不可能保养得这么好。”

这样就实在太无趣了，佐山想。他希望找到有匆忙打扫过的痕迹。

“拜托了。”说着，佐山转身打算离开。就在此时，侦查员“啊”地叫了一声。佐山回过身去，侦查员正看着驾驶座底下。

“怎么了？”

“你看，发现了这个。”

侦查员将一厘米见方的纸屑递给佐山。这是一张纸的一角。

“上面有数字。”佐山说。

白纸上有“1150”几个数字，应该是盖上去的戳，浓淡不一。数字上面印着一个橙色的“金”字，颜色特别鲜艳。

“这是什么？”佐山嘀咕道。

“好像在什么地方见过。”

“嗯。”佐山点了点头，“我也觉得。”

他用指尖拈起纸屑，对着阳光仔细看了起来。

喜欢开车兜风的新堂轻易解答了佐山的疑问。佐山带着那片可疑的纸屑回到狛江警局内的专案组，新堂一见立刻说：

“啊，这是高速公路发票。不会错的。”

“发票？”

“是的。我也有。”

新堂从钱包里取出一张白纸递给佐山，上面印着“发票 日本道路公团”的字样。佐山马上明白过来。这张纸是很熟悉，经过高速公路收费站时一定会收到。

“不错，不错。这个‘金’是印在上面的‘金额’的‘金’字。‘1150’应该是盖上去的金额数吧。”

“看惯了的东西，只看其中一部分就想不起来了，这个例子很典型。”

新堂揉着鼻子说。

“总之，这就证明了桥本最近上过高速公路。不不，不一定是桥本本人开的车。”

佐山用自言自语的口吻说。

“喂，你在想什么？”边上的谷口问道，“虽说在桥本的车里发现了这片纸屑，但和案件不一定有关系吧。无论谁的车，要找一下的话都会找到一两张发票。而且，最重要的是没有发现运送过尸体的痕迹呀。”

佐山站在谷口面前，答道：

“对于您的疑问我是这么看的。我们不能无视从桥本的车里发现了一片纸屑的事实。我也在桥本居住的公寓大楼里调查过，他一周或两周一定会打扫一次车。我想他也会打扫车厢内部吧。这样说来，掉在地上的这片纸屑，应该不是很久以前的东西，这样想是不是更合理？”

“也许不是很久以前的东西，但也不一定就是仁科直树被害那天的吧？”

谷口盯着佐山看了几秒钟后，指示身边的年轻警察将交通地图册取了过来。他接过地图册，翻到后面的页码，递到佐山跟前。这一页的标题是“高速公路通行收费表”。

“东京和大阪之间的高速公路费是多少？”谷口问。

“正好一万日元。”佐山回答。他立刻明白了谷口的用意。

“这不结了。纸屑上的金额是一千一百五十日元。也就是说，那不是东京和大阪之间的发票。”

“不一定直接从大阪到东京。也可能中途下了高速，后来又重新上去了。”

“为什么要那么做？”

“那怎么知道。也许隐藏着什么秘密。我还注意到一点，为什么要把发票撕得那么碎？要扔掉的话，揉一下扔掉就行了。撕得粉碎，不就说明必须要把发票处理掉吗？”

也许因为佐山的语气很坚定，谷口沉默了一会儿。之后，他语气缓慢地开口了，一脸妥协了的神情。

“虽说有些牵强附会，但不让你去调查的话也很难说服你。”

“我就这德行了。”

“不错的德行。你打算怎么做？”

“先要调查这张发票是哪个区间的。”

“一千一百五十日元的区间？要能帮你解决问题就好了。”

说着，谷口将高速公路收费表猛地推到佐山面前。

6

“接到小绘的主动邀请还是第一次呢。还以为能听到令人高兴的答复，看来不是这样。”

酒井悟郎放下切牛排的刀叉说道。弓绘注视着他的脸，他微笑着将肉片送进嘴里。

“没关系，你不用介意。”他用很开朗的声音继续道，“如果不喜欢我的话告诉我就好了，我已经习惯被人甩了，多一次失恋经历也没什么。你不必介意。”

“什么？”弓绘问道。随后她明白了酒井在说什么，表情稍许缓和了下来。

“不是的。今天叫悟郎你出来，不是为了告诉你我的决定，那件事你能不能再等等？”

这次轮到悟郎“啊”了一声。接着又似乎明白了弓绘的意思，笑着露出了白牙。

“原来不是为了这个呀。当然，我会一直等下去的。”

说着，他望着弓绘的脸。“今天你有点不对劲呀。不太说话，好像也没什么食欲。公司里遇到什么事了吗？”

“也没什么……”

弓绘还剩一大半牛排没有吃就已经不动刀叉了，没有食欲是事实。她一直以来就这样，一有心事，马上影响食欲。

找悟郎商量，这是弓绘今天准备下班的时候才决定的。她给悟郎打了电话，问他今晚能不能见面。悟郎兴奋地回答：“今天原本准备加班，但可以想办法推掉。”两人七点在约好的咖啡馆见面后，又来到这家光顾多次的牛排店。这家店由于价格低廉加上牛肉块大，能见到很多三口之家的身影。

“是案子的事吗？”悟郎压低声音问，“好像又有人被杀了。你听到什么风声了吗？”

弓绘低着头沉默不语。一会儿，她像下定决定似的，将身边的纸袋拉过来，随后取出一份文件。

“我想让悟郎你看这份文件。”

她将文件送到对面的悟郎跟前。悟郎放下刀叉，用餐巾擦了擦手，神色疑虑地接过文件。

“昭和四十九年业务计划……这是什么？”

“先看里面。”

悟郎点头打开封面。一开始是不可思议的表情，渐渐变成了紧张。看到这份文件时，自己应该也是这副表情吧，弓绘想。

“小绘，这个……”

悟郎低下头，脸色苍白。

“今天整理主任的文件盒偶然发现的。吓了一跳。悟郎，你说是怎么回事？”

悟郎又翻了一遍文件。

“不知道。”他摇了摇头。“不过，仔细想想大概也不奇怪。鉴于仁科的职位，他可能需要保存这种东西吧。”

“他需要起一个假的文件名吗，昭和四十九年业务计划？”

弓绘说。悟郎沉默不语。

“我觉得很奇怪，好像隐瞒着什么事。”

“小绘，这件事……有没有告诉过别人，比如警察？”

弓绘摇了摇头。

“今天警察来了。当时我想告诉他们，后来放弃了。对于这个问题，我觉得不能那么轻率。”

“明白。”悟郎说，“那，小绘想怎么做？”

弓绘埋头想了一会儿，然后抬头望着悟郎。

“我觉得这件事和主任把我调到现在的部门有关系。还有，和最近几个案子……”

“和杀人案有关？不会吧……”

悟郎眨巴着眼睛，舔了舔舌头。

“我也没有根据，就是有种强烈的感觉。悟郎，你能帮我吗？”

“当然，任何事情都可以找我帮忙。”

“我想自己调查这件事。我还没想明白究竟是怎么回事，但想先试着查一下。”

随后弓绘看着悟郎：“要不然，我没办法给悟郎你答复。”

悟郎看着弓绘的眼睛。

“我明白。”

他嘟囔道。

7

拓也十五分钟前进了咖啡馆，找了个靠窗的位子坐下，要了杯咖啡，随后脸贴着窗户，目不转睛地看着下面的马路。

这是他和星子约会时雷打不动的规矩。

“今晚出来陪我。”早上的电话中，星子说，“七点，就在那家店的门口等我，明白了吧？”

用不着拓也回答行不行。拓也回答“明白了”之后，问今晚干什么。

“搬家啊。”她回答。

“搬家？”

“我决定搬到大房间里住。为一个死人留着一间房间不是太浪费了吗？”

“哦，是这样啊。”

原来星子要从现在住的房间搬到直树的房间，让拓也去帮忙。

“今晚就为这事吗？”

“是啊，就为这事不行吗？”

“不是，不是这个意思。我还以为你要和我说桥本的事呢。”

“桥本的事……他好像死了。”

星子的声音顿时也变得沉闷起来。

“被人杀了。你看报纸了吗？”

“看了。为什么我和他的死有关系？”

“不，没什么理由。”

“没有理由别说那么奇怪的话。七点，别迟到了。”

不等拓也回答，星子挂断了电话。

不是没有理由，拓也一边喝着刚端上来的黑咖啡一边想着。对星子来说，直树不也是妨碍她的人吗？她有杀直树的动机。只是和宗方一样，找不到她杀桥本的理由。

咖啡喝到一半时，他看到一辆白色保时捷停在了窗下。拓也赶紧放下咖啡杯，拿起账单跑到收银台。打开钱包，发现只有一万日元纸币，他咂了咂嘴。准备好不用找零的咖啡钱，这也是雷打不动的规矩之一。

收银员慢腾腾地收钱，大概是打工的女高中生吧。拓也从她动作生疏的手中接过找头，塞进口袋，迅速出了咖啡馆。

星子坐在保时捷的驾驶座上，手指敲打着方向盘等着。拓也举起手示意，打开另一侧的门坐了上去。

“收银员动作真慢。”

拓也解释道。星子沉默着发动了保时捷。电子钟还没指到七点，况且她等了应该还不到三分钟。在还没有完全弄明白星子的规矩前，拓也有时去了洗手间后出来发现星子已经走了，尽管比约好的时间还早到了五分钟。所以，与星子约会，两只眼睛一刻都不能离开窗户。

“桥本那件事……”保时捷跑了一会儿，星子说，“杀人用的钢笔，我从报纸上看到了照片。”

“是 S 公司生产的。”拓也说道。

星子哼了一声。

“我父亲即使给一般的职员都不会送那么便宜的国产货。稍微想一下就应该明白。难道桥本将那支钢笔当高档货了？”

“差不多吧。”

对我们来说是高档货啊，拓也心里恶狠狠地想。我也差一点上当，差点就送命了。

“所以那个凶手也不是个聪明人。要是我的话就不会被杀。”

“应该是吧。”拓也回答。怀疑是星子干的是不是想过头了，他暗忖。

抵达星子家时，搬家公司的大卡车正要离开。星子告诉拓也，直树的东西从狛江的住处运回来了，塞在后面的储藏室里。

“把他的东西从那个住处搬出来后，顺便把这里的房间也整理出来了。”

拓也跟在星子后面，走进了仁科公馆。这个家的长女、宗方伸一的太太沙织也来了，她正指挥两个女佣整理东西。她看上去和星子不同，给人很温婉柔和的感觉。脸形也是典型的日本式的。拓也将西服上衣的扣子扣好向她行礼。

“也不需要这么着急地搬房间，可那孩子就是不听，给你添麻烦了。”一脸对不住的神情。

“那人搬到狛江的公寓去住的时候本来就应该将他房间的东西都收拾掉。”星子一脸不快地说，“都怪爸爸和姐姐给他好脸色看。”随后，星子拉起拓也的手。“我们走吧。”说着，向楼梯走去。

直树的房间在南边，有十二叠大，铺着胭脂红地毯。一进门的地方放着一对客用简易桌椅，靠窗放着床和写字台。除此之外，还放着一套视听设备，以及放满专业书的书架。餐具柜里放着昭和十七年出品的百龄坛威士忌。窗户上挂着的窗帘和地毯是一个色系。

“不错的房间，”拓也说，“透过窗户就可以看到树林，不像在日本。”

“本来就应该是我或者沙织姐姐的房间呀。我一直在想，要是召集一群朋友来举行生日派对的话，没有比这里更好的了，现在还这么想呢。可是突然有一天，这个房间被一个从来没见过面的肮脏男人占领了。何况，我的房间只有八叠大，无论是放一张床还是挂上粉红窗帘都那么不般配。你想想，世界上还有这么不近情理的事！”

拓也听得已经不耐烦了。他完全不理解星子为什么那么讨厌八叠大的房间。

“反正……我想搬房间。”

“实际上不仅仅是房间的问题，这只是一个象征。”

星子赞同拓也的说法。

拓也走到窗边的写字台前，拿起一个小相框。照片上是一个三十五岁左右的女子和一个小学生模样的男孩。

“是仁科主任小时候的照片？旁边的应该是他母亲吧。”

星子没有回答，而是从拓也手上取过相框，扔进旁边的纸板箱里。

“没时间了，快帮我干活。先把这个没用的纸板箱扔了。”

说着，又往纸板箱扔了些旧杂志。

扔完纸板箱后，拓也又接到指示：将书架上的大部分书籍搬到储藏室去。也就是说，他要将书归拢在一起，用绳子捆上，徒手提着搬过去。拓也想起了自己大学时代打过的工。

星子说书架、餐具柜、视听设备可以用，不过，当她说到床的时候突然变得不高兴起来。

“开什么玩笑，为什么我要睡在那个人睡过的床上？”

“写字台可以用吧？”

“写字台和床不一样。”

星子生气地说着，出了房间。

女人真难伺候——拓也嘀咕着，继续捆书，并打量整个房间，时不时地叹着气。

人生来就是如此不平等，他想。直树在这样的豪宅中长大，住这么大的房间。他来的时候好像是十五岁吧。并不是他付出了什么特别的努力，仅仅因为他身上流着仁科家族的血。和他相比，自己究竟算什么呢？出生在一个一无是处的醉鬼家庭里，从小就要克制住所有欲望，就连卖给孩子吃的小点心店都没有进去过，也没有买过塑料玩具。

我一定要成为这个房间的主人，拓也再次下定决心。只要将星子搞到手，这一切就会成为可能。

就在拓也以为书都差不多整理完了的时候，他又在写字台下面发现了几本。拓也机械地继续忙碌，突然，目光停在其中一本书的书名上，他停下手来。

——《扑克牌魔术入门》。

他再次打量了一下自己用绳子捆上的书。扑克牌魔术类的书一共有六本。

怎么回事？

拓也愣愣地望着散在地上的一捆捆书。星子进屋来了。她问："怎么啦？"拓也抬头看着星子，告诉她直树有很多扑克牌魔术类的书。

"大概是吧。"她若无其事地回答，"那人对扑克牌魔术很入迷。他很喜欢让别人抽一张牌猜数字。"

"他很擅长？"

拓也问，声音有些发抖。

"好像是吧。我没和他玩过，不清楚。"

星子回答，一脸无趣的表情。

8

关之原—小牧、岐阜羽岛—名古屋、丰田—丰川、冈崎—三之日、大井松田—横滨、厚木—东京。

以上是东京、名神高速公路上一千一百五十日元的区间。

厚木到东京……

这个区间引起了佐山的注意。其他区间，例如关之原到小牧，要得到这张发票的话，必须中途下两次高速公路。而只有这个区间，因为东京是终点，所以只要在厚木下一次高速公路就行了。

难道是凶手将尸体从大阪运到东京，在厚木下了一次高速公路？为什么要这么做？

也许是高速公路上因出车祸而堵车，凶手不得不中途从高速公路上下来，经过二四六号国道抵达厚木，之后又上了高速公路。即使在夜里，从御殿场到都夫良野隧道一段也经常发生事故。

佐山询问了日本道路公团。

但是，得到的回答是，当天夜里东名高速公路平安无事，没有发生任何交通事故。对方还说，如果是从大阪到东京，一定会感到一路畅通。

“从厚木下高速难道是凶手一开始就制订好的计划？”

佐山自言自语道，视线落在眼前的高速公路图上。他仔细看了一下厚木服务区的周边，没发现有什么特别。

他看了看手表，已经差不多晚上十一点了。他伸开双臂，做了个深呼吸。

“好像挺困难的。”

后面有人说话，原来是新堂回来了。他应该是去了荻窪警局。

“这么晚了还来。那边有线索了？”

新堂在佐山跟前坐下，撅起下唇摇了摇头。

“小邮包上是调布邮政局的邮戳，但那里的工作人员完全不记得凶手的模样。也难怪，已经过了好几天，何况他们每天要面对那么多顾客。”

“再加上中间还隔了星期六和星期天，发现尸体也晚了。算凶手走运吧。”

“凶手的运气不光这些。我还去凶手买钢笔的东友百货公司调查了，没有一个店员记得买了那支钢笔的人。”

“真的？和寄邮包不同，买钢笔的人不会多到店员完全想不起来啊。”

“您说得不错，没有那么多人买，所以才更容易忘记。比如，涩谷的东友百货公司卖出一支那种钢笔，据说还是在两周前。因为是记在账单上的，肯定不会错。好像也去别的分店调查了，都是在那个日期以前。所以，店员想不起来也在情理之中。”

“那样说来，凶手两周前就已经着手准备了？”

“不错。是在仁科直树被杀之前吧。”

“奇怪。”

“是很奇怪。”

“如果那时就准备用氰化氢行凶，先用这个办法杀死仁科直树不才是合情合理的吗？”

“是啊。会不会杀直树和桥本的不是同一个凶手？”

“不会，应该是同一个凶手。也许桥本和直树被害案有关系，所以才会被杀。这难道是凶手一开始就有的计划吗……”

不明白，佐山挠着脑袋。怎么都难圆其说，似乎什么地方搞错了。

“佐山警官，”新堂又开口了，“我想去仁科直树的老家看一下。”

“老家？”

“老家这种说法是有点奇怪。应该是直树十五岁时被带到仁科家之前生活的那个家。他母亲的老家。”

“嗯，什么地方？”

“爱知县的丰桥。他舅舅应该还住在那里。我还想再了解一下直树的情况。对于他的家人，我老觉得不是了解得很透彻。”

对于这一点，佐山也有同感。

“很好啊，只要谷口警部同意。”

“我想说的就是这个。您能不能帮我和头儿说一下？您说的话头儿一定会听。”

“没那回事。不过，我会和他说的。你也想找到突破口。”

说着，佐山的注意力又集中到高速公路图上。他自己也想要找到突破口。虽然对凶手杀直树的动机很感兴趣，但首先要弄清楚眼前这些问题。

“那张发票，找到合理解释了吗？”

新堂问，从对面凑过脸来看地图。

“难啊。那张发票肯定和案子有关系，但就是搞不清楚。现在能想到的应该是从厚木到东京的区间。”

他告诉新堂为什么这么想。新堂认真地听完后说：

“厚木到东京这个区间的可能性不一定那么大吧？”

他的语气中带着怀疑。

“为什么？其他区间的话需要下两次高速公路。”

“这个我明白，但发现尸体的地点有点奇怪啊。是在直树的住宅小区里吧，也就是狛江。”

“知道知道，这有什么问题吗？”

“狛江的话，从东名川崎下高速不是比东京下更快吗？”

说着，新堂打开旁边的公路地图。佐山看着地图“啊”地叫出声来，原来如此。驶往狛江方向，从川崎下高速的话更近一些。

“我疏忽了啊。”

佐山情不自禁地嘟囔道。

“也许是凶手搞错了？”

新堂说。佐山摇了摇头。

“不像是考虑周到的凶手特意绕远。就像你说的那样，下高速公路的话还是川崎近。那张发票到底是哪个区间的呢？”

9

整理完直树的房间已经快十二点了。在仁科公馆用过餐后洗了澡，回到自己的住处时还是感到了疲惫。要讨好那个既任性又傲慢的公主真是件辛苦的差事。

拓也取出钥匙，插进锁孔，转了一下。到此为止是无意识的行为。就在他转动门把手的同时，他猛然想起了自己正处于危险之中。

他将门打开一条缝，用鼻子嗅了嗅，没有气体的味道。伸手开灯，眼前没有人。他终于进了室内，关上门，上锁，并挂上防盗链。接着，他抽出一把雨伞拿在右手上，脱下鞋子。

窗户关得很严实。拓也随即检查了隔壁的房间、浴室、厕所和壁橱。

当他发现没有人藏在屋里时，才将雨伞放回原处。

拓也检查了邮箱，今天没有收到任何东西。接着检查了冰箱，罐头、真空的包装袋都没有问题。要下毒的话，目标应该是人造黄油和开了口的纸盒牛奶之类的东西。这些东西还是全部扔掉为好，拓也想。反正带着这种情绪也不可能吃那些东西。

确认完没有任何人进入屋内之后，拓也才在带厨房的客厅的椅子上坐下。他松开领带，脱下袜子。

受不了了，他重重地吐了口气。每天都要这么做怎么受得了。

必须一桩一桩去收拾，他想。活下去的路只有这么一条。在目前的情况下，活下去这个词不单纯是个比方了。

首先是康子。

拓也站起来，拿起放在写字台上的钢笔。这就是会产生氰化氢的可怕的礼物。

不能就这么用这支钢笔。毫无疑问，康子就是杀桥本的凶手，即使不是，她也一定知道桥本是被这个凶器杀死的。

但是，装在这支钢笔里的氰化钾不应该轻易扔掉。要用它杀了康子，造成她自杀的假象。因为用的是相同的毒药，警察一定会判断，杀桥本的凶手自杀了。

问题是让她服毒的方法。只要在两人独处的时候，将氰化钾掺进果汁之类的饮料中让她喝下就行了。好像没有这种机会。更重要的是，说不定康子就是两起杀人案的凶手，她没准也在考虑怎么杀了他。

不在康子面前出现但能让她服毒——需要想出这样的方法。

拓也将钢笔放回原处后，从柜子里取出玻璃杯和芝华士酒瓶。他往杯子里倒入三厘米左右深的琥珀色液体，将杯子端在手里，靠在床上，喝了一口。突然，他发现自己完全放松了警惕。芝华士的瓶口是已经打开了的，凶手完全有可能在酒里下毒，也可以将毒涂在玻璃杯的内壁上。

拓也握着酒杯一动不动，保持了差不多一分钟。他要确认有没有痛苦袭来。但除了腋下淌了些汗水之外，身体没有任何变化。他吐了口气，又喝了一口。

奇怪的是，计划杀人的自己却反过来被人盯上了。细想一下，这次的凶杀案，一开始就是这样的。计划杀康子的直树反而被人杀了。

凶手究竟想干什么？

拓也想起在直树房间里发现的扑克牌魔术书。事实上，自从那天发现了魔术书之后，他的脑子里一直在想这件事。

提到扑克牌，拓也想起直树告诉他和桥本杀康子计划时的情景。杀人计划中有A、B、C三个分工。实际下手的是A，这个活是谁都不想干的。

所以他们用扑克牌来决定分工。牌被洗了多次之后，三个人各抽了一张。抽到大牌的人先挑选自己想承担的任务。

这时，拓也产生了第一个疑问：直树为什么要用扑克牌来决定三人的分工？当时，拓也只是觉得直树是在装模作样，现在看来他别有用意。擅长扑克牌魔术的直树，可以发挥他的特长。

不过，如果真是这样，直树应该设法让自己避开A才对啊，而事实上并非如此。抽到老K的拓也选了B、抽到4的桥本选了C。因此，承担唯一剩下的A任务的人，就是抽到2的直树。

可以想到的只有一种可能，直树一开始就决定自己承担A的任务，并因此采用了扑克牌比大小的方法。

A是直接动手杀康子的人。他为什么要承担这个任务？难道他想亲手杀了她？不会有那种事，拓也立刻否定了这一想法。仁科直树不是那种人。他如果真的希望那样，说实话，不需要用扑克牌魔术的方法，拓也也会毫不犹豫地将这个杀人的任务让给他。

“他究竟想干什么？”

拓也嘟囔着。在谋杀康子这件事上，仁科直树一定对自己和桥本隐瞒了什么。

因此，他本人被杀了。

恐怕也因为这个缘故，桥本被杀了，现在拓也的命也已被人盯上。

第四章　杀人重演

1

十一月二十日，星期五。

佐山抬起头，伸手在脑袋上按摩了几下。长时间看那些蝇头小字非他擅长。他打了个哈欠，看了看大家。

专案组的人开始出现焦躁的情绪。

和仁科直树被杀案相同，桥本被杀案的侦破工作也没有任何起色。比如，对相关人员在寄送钢笔期间的不在场证据进行了调查。那个时间段恰好是直树葬礼结束后回公司的时间，所以，只要想干，任谁都有可能。恐怕凶手就是看准这一点，才利用了公司附近的邮局。

不过，去东友百货公司调查钢笔进货途径的警察获得了有价值的信息。为了通过包装纸来确定是在哪里买的钢笔，他带着在桥本的房间里发现的包装纸走访了各百货公司的钢笔柜台。结果，他发现了一个意外的情况。百货公司的店员们异口同声地回答：

“我才不会包得这么烂。”

这到底说明了什么？合理的解释是，凶手在别的店买了钢笔，然后用事先准备好的东友百货公司的包装纸重新包装了。目的当然在于迷惑警方，而且，凶手的算计在一定程度上可以说是成功了。

比起这一事实，目前更重要的是要查出购买钢笔的商店，为此必须扩大调查范围。总部增加了警力，几天来四处走访。但是，目前还没有得到有用的信息。

凶手得到氰化钾的地方基本已经确定。MM重工热处理厂里存放着大量氰化钾。据说那家工厂外来人员是禁止进入的，但只要是穿着公司制服或作业服的人，就不会受到盘问。不过，由于是剧毒品，还是被保管在了上锁的仓库里。问题是仓库的钥匙。钥匙就放在仓库值班员的抽屉里，熟悉内部情况的人轻易就能拿到。如此，凶手是公司内部人员的可能性就变得更大了。

网确实是收缩了，但缺少决定性证据。

佐山坐在会议桌一角，翻着从MM重工桥本敦司办公桌的抽屉里发现并借回来的会议记录和他的私人笔记。这些东西中也许能发现公司之外的秘密，他想。之前，他已经让桥本的上司确认过了，对方说没有多大问题，但还是反复叮嘱不能向媒体公开。

“怎么样？发现什么了吗？”

狛江警局的警察端着茶水走过来。一个挺会关心人的中年男子。佐山道了谢，拿起茶杯。“不行啊。”嘴上回答着，脸上露出了疲惫的神情。

“原以为至少会有和仁科直树有关的内容，翻到现在，完全没有发现。研发一科和开发企划室属于同一部门，不知有没有关系。”

“仁科这个企划主任只不过是个摆设，实际上他和业务几乎没有关系。”

眼前的警察也显得无精打采。

旁边的电话铃声响起来了。佐山刚要伸手，那警察示意他来接后拿起了电话。

“是我……那、那件事啊。还是没有任何发现吗？嗯……太遗憾了。辛苦你了。”

他的声音变得越来越有气无力。没有任何发现、太遗憾了——最近都是这样的报告。

“带着那东西马上回来。啊？去哪里……啊，是吗？真难办啊。我现在就想要……”他看了一下手表，“好吧，我到半路上去取。就在车站吧。然后你从车站出发再去调查。五点吗？行。”

这是警局同行来的电话，那名警察正在调查那颗掉在离直树尸体较远处的茶色纽扣。这种无法事先判断和案件是否真的有关系、看似不起眼的调查，也是绝对不能省略的。

佐山对面的警察放下电话，拿起外套走了出去。

半路上取……

一句平时经常出现在对话中的不经意的话，此刻却吸引住了佐山的注意力。不，算不上灵感突发，只是发现了自己的一点疏漏。

“头儿，桥本的车应该是在厚木下的高速！”

被佐山突然这么一叫，谷口莫名其妙地愣了一下。

“你说的是那张发票？”数秒后他回过神来。

“我找到答案了！”

“你不是死心了吗？”

“我没有死心。我一直在想，桥本的车在东名高速公路上往东京跑。因为人是在大阪被杀的，尸体运回了东京，所以就先入为主地钻了牛角尖。其实不一定是这种情况。那张发票可能不是从厚木到东京的，而是东京到厚木的。”

谷口的视线又回到了佐山脸上。

“为什么这么想？”

“我认为可能有同伙。首先，真正动手杀死直树的凶手将尸体运到了厚木。然后，同伙从东京到厚木，接过尸体，一直运到直树住的公寓后扔下。这样考虑的话，虽然不完整，但两个罪犯都有了不在场证据。动手杀人的罪犯不存在运送尸体的时间，而运送尸体的罪犯有了杀人时间内的不在场证据。这是一个很简单的圈套。”

“你是说尸体接力？”

“是的。这个名字起得好。”

谷口没有理会佐山给他戴的高帽，双臂交叉着嘟囔道：

“你是说运送尸体的是桥本？”

佐山重重地点了点头。

“是深夜运送的尸体，所以桥本也有可能。即使在公司加班，他也有充分的时间。”

“也就是说桥本被主犯杀了？”

“恐怕是这样。”

“有意思。”

谷口放开交叉的双臂，将双手放在办公桌上。

“有意思的推理。不过只有这些还不够，有没有证据？”

“目前还没有。”佐山回答，“不过，也没有可以否定的材料。我们应该考虑各种可能性。”

“不对，也不是没有可以否定的材料。”谷口抬头看了佐山一眼，“仁科直树的死亡推定时间是本月十日的下午六点至八点。也就是说，在大阪被杀后运到厚木的时间是深夜。在这个时间段里将尸体交给同伙，构不成不在场证据吧。虽说深夜十二点之前没有不在场证据，但十二点以后有，所以说，自己不能运送尸体。如果有人要承认是自己运送的话只能另当别论。”

“遗憾，没人会这么说。”

“那就死心吧。”

“但是，虽然没有时间将尸体运到直树的住宅，但可以运到厚木，不是有这样的人吗？”

谷口一边的眉毛向上一扬。“是谁？”

“比如说，”佐山稍微思考了一下说，“比如末永拓也。他当天在名古屋。他没有不在场证据的时间是深夜十点到早晨七点之间的九个小时。在这段时间里将尸体运到狛江的公寓、再回到名古屋的酒店确实很困难，但是去厚木打一个来回却是轻而易举的事。”

“你说末永。那家伙有杀直树的动机。”谷口右手的食指在办公桌上敲了敲，“你没忘了事情的关键吧？死亡推定时间是六点到八点吧。这段时间里他有不在场证据，没办法下手。”

“没忘啊。对于那个时间段的不在场证据，我再去确认一下。”

“我说，佐山，你冷静点吧。”谷口的食指着佐山的鼻尖，“你好像只盯着桥本的车，但那辆车没有任何证据说运送了尸体。”

佐山推开谷口的手。

“您看了侦查员的报告吗，桥本车后备厢的检查结果？”

“看了。没有发现从尸体身上掉下来的毛发等物体。”

“发现了很多蓝色羊毛纤维。”

“车上装过羊？”

“是毛毯，”佐山说，“蓝色毛毯。可能就是用它包裹尸体的。”

谷口凝视着部下的脸，神情惊讶地晃动着脑袋。

“亏你想得到。”

“只要检查一下尸体身上的西服就能明白。”

“你是说上面留着蓝色羊毛？”

“是羊毛。姑且——”佐山两手支在办公桌上，“可以先考虑一下尸体接力的问题，重新调查各自的不在场证据。”

谷口夸张地皱着眉头，带着一脸不耐烦的神情说：

“明白了，让你放手去做行了吧？我派人去检查尸体身上的西服。”

佐山的推理很快就驻足不前了。

在尸体接力的问题上，相关人员中没有一个有着完全的不在场证据。

唯一存在可能性的就是末永。他的不在场证据非常完美：当天一直和名古屋的客户在一起。对此的调查也没有出现对他不利的证据。

他的不在场证据如同预计到自己将被怀疑一样那么完美，佐山想。过于完美反而很值得怀疑。不过，这种想法可能只是自己因为无路可走而造成的胡思乱想吧。

有没有这种可能性，仁科直树不是在大阪，而是在末永去的名古屋被杀的？直树六点钟抵达新大阪车站附近的酒店，但这并不一定表明他就是在大阪被杀的。假设他后来去了名古屋，为了某事去见末永，然后被末永杀了——这种可能性也是存在的。

但不管直树是在哪里被杀的，死亡推定时间却是一定的。多亏直树最后那顿饭的地点、时间、吃的东西都已经调查清楚了，他的死亡时间也就相当准确地推断出来了。

直树被害的时间在六点至八点之间，这点不会变。

这一时段末永有不在场证据。

或者……

佐山脑海里又生出了另一个想法，这个想法理论上可以成立。

不，不会那样的。

他否定了自己的想法，因为离现实实在太远。

2

下午，拓也去了试验车间。这是个用来生产在投入生产之前研究阶段的试验品的车间。虽然没有批量生产的能力，但设备齐全，可以按照技术部门的指示随时生产出各种产品。

进入车间之后左手就是分割成好几个场地的作业区。透过丙烯玻璃的窗户，可以看到员工们忙碌的身姿。

拓也走进作业区，寻找体形发胖的片平。这个人和他一起工作过好几次，在试验品部门里和他最投缘。

片平正在自己的座位上打电话。拓也带着微笑走近时，他拿着电话点了点头。

片平迅速打完了电话。

“我要一块不锈钢板。厚度一点五。”

“什么材质？ SUS304 可以吗？”

“完全没问题，只要一小块就行了。”

片平戴上安全帽，从椅子上站起来。

在去取材料的途中，片平问起杀人案。

“研发部的人够受的吧，岂不是每天都有警察来询问？”

“也不是每天都来，不过，不是什么高兴的事。”

“让人心情郁闷吧。我们公司居然会出这种事，做梦都没想到。”

到了放材料的地方，片平拉出一块一米见方的正方形不锈钢板。拓也吃惊地说：“不用那么多，边长五厘米的就足够了。”

“不早说！在放废料的地方。”

说着，片平走到放废料的区域，拿了一块差不多大小的钢板回来。

“这块行吗？”

“行。我想切割成一块形状有点复杂的板，能借用一下电动切割机吗？”

“电动切割机？不如用激光枪切得快。”

“不，我想切得精确一些，后面的工序比较麻烦。”

片平点着头，先迈开了步子。这次他找到了型材加工组，那里正在做冲压模具。片平和组长说了几句，拓也需要的机器很快就到手了。

“你要做什么？告诉我的话我帮你做。”

“不不，不是那么麻烦的东西。还是自己做快一点。”

“是新产品的零件吗？”

“不是那么好的东西。”

片平留下一句“加油干”便径自离开了。

目送片平走远后，拓也开始动手。电动切割机是直径零点三毫米的黄铜片边在水中放电边对材料进行切割的装置。它可以切割任何金属材料，并精确到微米单位。需要切割的形状由电脑控制，非常灵活。

拓也看着切割片切割着不锈钢板，脑子里开始梳理自己的计划——杀康子的计划。这两三天他一直都在考虑。最后得出的结论是，不冒险就无法杀了康子。不，不是没有办法，而是对能否成功没有把握。比如，在巧克力里掺毒后寄给康子，寄件人就写康子朋友的名字。只是可以肯定，这种办法几乎不可能让人相信她是自杀。一定要让康子在自己家里平静地死去。尸体边上散落着吃到一半的有毒巧克力可达不到目的。

拓也突发灵感开始制订这次的计划，源于和康子关系不错的一个女同事告诉他一件事——她们两人明天，即星期六晚上打算去看音乐剧。对康子来说，眼下的情况不适合去看演出，但这是很早以前就定下的事，所以不好回绝。

演出时间？拓也装作若无其事地问。七点到十点半，女同事开心地回答。

机会来了，不能错过。

只能冒险了，拓也想。原计划杀死康子，已经冒了一次险，还为此运了尸体。现在，只要拿出当时的勇气就行了。

命案即将再度上演。

这次必须成功。无论哪台游戏机，都不会给人三次机会。

3

周五快到下班时间，办公室里所有人都开始兴奋起来。最近流行“鲜花般的周四”这种说法，但毕竟还是临近周末的这个时间最令人振奋。

下班铃声终于响了。坐在办公桌前的员工们一个个带着一脸解放了的神情开始收拾东西。正给客户打电话的，随时准备挂断电话。年轻职员草草收拾完毕，开始召集外出喝酒的人。

“中森小姐也不去吗？偶尔也参加一次吧。”

弓绘正擦着黑板，一个男职员过来邀请她。以前她受邀请过好几次，一次都没去过。

“对不起，今天已经和人约好了。”

弓绘点头道歉。

“那就没办法了。你说约好人了，是男朋友？”

“差不多吧……”

“啊，你有男朋友啊，从没听说过。下次问你。再见。”

弓绘也说了声“再见”，目送男职员走远。

擦完黑板后，弓绘换了衣服走出公司。和悟郎约好了，六点在常去的咖啡馆见面。

弓绘提前五分钟抵达咖啡馆，悟郎已经坐在靠墙的位子上了。他穿着黑皮夹克和牛仔裤，平时总是这身打扮。他发现弓绘后，举起手打招呼，眼角的皱纹聚到了一起。

“有没有搞清楚什么？——我也要咖啡。”

弓绘坐下，在问悟郎之后对服务员说道。悟郎面前已经放了一杯咖啡。

“遗憾，没有什么重大收获。说实话，这种调查太难了。”

悟郎露出一脸对不住的神情。

“是吗。大家还是很避讳吗？”

“也许吧。太追根问底的话大家会觉得奇怪。”

“嗯……说实话，我这里也没什么进展。我有个朋友在人事部，让她帮忙打听，好像今天早晨才问了一下。”

“了解到什么了吗？”

弓绘摇了摇头。

“说是开发企划室提出要一个负责人事工作的人，当时设计部有多余的人手，所以就调动了一个。”

“这个人就是你。”

悟郎说着，服务员将咖啡端上来了。弓绘往咖啡里放入牛奶，用小勺调着。“不过，也有个有意思的发现。”

她看着悟郎说。

“什么？”

“关于你的事。”

“我的事？什么事？”

“刚才差点忘了。我调换部门的时候，正好你也调动了。从生产部调到现在的实验部。”

“啊，”他点了点头，一脸恍然大悟的神情，“是啊是啊，我进公司以后一直在一个部门待着，正好是该调动部门的时候。”

“不过，那是巧合吗？”

嗯？悟郎的眉头皱了一下。

“不是巧合，我觉得。”

“怎么会……你想多了。”

“是我想多了吗？”

弓绘两眼直直地注视着咖啡杯。她沉默着，悟郎也只好低着头。

“我，完全明白你的心情。”

过了一会儿，悟郎首先打破了沉默。“不过，你是想多了。这次的案件和你想的事没有任何关系。我是这么认为的。”

说完后，悟郎又低下了头。他似乎只是想把自己的意见表达出来而已。

“我清楚，”弓绘说，“我很清楚，这也许只是我自己的想象。但是，悟郎，再让我……再让我按自己的想法试一下。如果悟郎不喜欢的话……”

“我不是这个意思。”悟郎有些慌了神似的移动着视线，“不是不喜欢。接下来你想怎么做？”

“我还没想好……”

弓绘又喝了一口咖啡，眼睛望着窗外稍远的景色。她接着说：

“末永先生——我想查一下这个人。主任在被杀之前，叫了桥本先生和末永先生去他办公室，我有点奇怪。”

4

二十一日，星期六，雨从清晨一直下到夜里。拓也将车停在离公寓大楼稍远的公用电话亭旁边，两眼盯着康子回家的必经之路。公寓大楼一共有五层，康子的房间在四楼最里端。拓也已经确认好了，管理员不在大楼里。

电子表上的数字显示十一点四十分，她差不多该回来了。

拓也的真实想法是在不和康子照面的情况实施计划，但反复考虑后还是觉得那样做太不现实，必须和她见面。

他看了看表，十一点四十二分。

前方出现了车前灯的光亮，正在慢慢靠近。是一辆出租车。

出租车停在了大楼门口。后面左侧的门被打开，车内灯光亮了起来，他能看到乘客正在付钱，但看不清乘客的脸。

乘客下了车，立刻将伞撑了起来。不错，是康子。她披着上衣，单手提着纸袋。她似乎并没有看到拓也，径直向大楼走去。

拓也拿起东西下车，进了电话亭。那个方位能看见康子房间的窗户。他拿起电话，两眼一刻不离地注视着窗户。

他感到此时此刻时间过得特别慢。她家在四楼，应该会坐电梯吧，她现在到几楼了？

正当拓也的手心慢慢渗出汗时，康子房间的窗户亮起了灯光。可能是挂着深色窗帘的缘故，灯光显得昏暗。

拓也插入电话卡，让自己镇定下来，开始按键。铃声响过三声后，康子的声音传进了耳朵。

“是我，末永。”拓也说。他能感到康子在电话另一头吃了一惊。

“什么事？已经这么晚了。”

“我想和你谈谈孩子的问题。我已经在你楼下了，可以上去吗？”

一阵沉默。康子是怎么想的呢？遗憾，想象不出来。

“明天不行吗？”

“不行。我一直等到现在。”

“……是什么事？”

“我说了是孩子的事。孩子，还有我们的将来。”

又是沉默。康子说不定知道自己曾经计划杀了她，若是那样，她当然会很警惕。即便这样，自己也必须进入她的房间。

“还有一件事，”拓也使出了最后一张牌，“桥本和仁科直树的事。”

“……你知道些什么吗？”

她这是什么意思？拓也立刻动起脑筋。也就是说她什么都不知道？不，不一定是这样。

“我知道，”拓也说，“所以要和你慢慢谈。”

又是数秒无声的时间流过。终于，康子开口了：

“好吧，我现在开门，你进来吧。”

“谢谢。”拓也放下电话。

为了避免被人看见，拓也小心翼翼地走向康子的房间，握住门把手。由于手指上涂了胶水，转动起来很困难。胶水是为了不留下指纹特意涂的。如果戴手套，势必会引起康子的怀疑。

和康子承诺的一样，锁是开着的。拓也进了房间，靠墙坐着的康子用很警惕的目光注视着他。

“哈哈。”拓也招呼了一声，“好久没有进这间房间了。应该是第二次吧？”

“三次啊。”

“是吗？”

“别废话，坐下吧。”

康子用下巴示意拓也坐在对面和自己隔着一张茶几的沙发上。拓也将玄关的门上锁后脱下鞋子，照康子指定的位子坐下。

“本想带个礼物给你，但想不出来买什么好。随便买了样你喜欢的东西。”

拓也将一瓶白葡萄酒和一个正方形盒子放在桌上。“我们就用不太好喝的白葡萄酒干杯吧。你能拿一下酒杯吗？”

“为什么干杯？”康子毫无兴致地问，“快告诉我怎么回事。”

“在这之前我要放松一下。”

身边就是餐具柜，拓也自行从里面取了两个葡萄酒杯。随后，他用开瓶器打开瓶塞，往杯中倒入淡黄色液体。

“让我们干杯。”

拓也举起酒杯。康子用想要揣度他真实用意的眼神望着他，并不伸手拿杯子。

“你怎么了？”拓也问。

“我现在不喝酒。”她面无表情地回答，“对肚子里的孩子不好。”

“喝一点点没关系。”

但她还是摇了摇头。

“我一直在等你告诉我是怎么回事。”她说。

拓也将还没有碰到嘴的酒杯放下。

“我再问一遍，你是不是不想打掉孩子？”

“不想。”

“可能他的父亲已经不在这个世界上了啊。桥本和仁科……”

说着，拓也等着康子的反应。康子瞬间垂下眼睛。

“你知道了？”

“算是吧。如果是他们中的一个，你打算怎么办？”

康子轻轻耸了耸肩膀，冷笑起来。

“你不需要担心这个问题，你只要考虑如果孩子的父亲是你之后的事情。”

看不透，拓也焦虑起来。这个女人的心思真的看不透。

“如果警察知道被杀的两个人都和你有关系，事情会变成什么样？”

“你跟警察说了？你要敢说的话——”

康子两眼放着凶光。

“我知道你想说什么。你不就是想说要把我俩的事告诉警察吗？所以，我反而很担心啊。你手里有没有可以出卖我们的东西？有没有在本子里记着我们的名字？”

“不用多虑，我一直是用公司内部电话联络你的。”

“真是那样就好。”拓也暗暗松了一口气，“说真的，听说那两人被杀了，我第一个怀疑的就是你。”

“开什么玩笑！”康子厉声说，“我有什么必要杀了他们？他们两人想杀了我还差不多。”

这倒是真的，拓也想，不过只能忍着不说。

“仁科直树被杀那天你不是休假吗？你敢说那只是巧合？”

一听这话，康子突然脸色一变，眼睛有些犹疑不定地快速转动了几下，最后将视线停在拓也脸上。

“那天，仁科先生叫我去大阪。”她说。

“主任叫你去大阪？什么事？”

拓也装作惊讶地明知故问。他比谁都清楚直树叫康子去大阪的理由。

“我也不是很清楚。他说有重要的事情让我去一下。他说了是关于孩子的事。所以我请假去了大阪。”

“去了大阪的什么地方？”

“他说新大阪站的地下街有一家叫‘玻璃’的咖啡馆，约好五点在那里见面。”

主任一定是计划在那里会面，然后让她上车，带到合适的地方杀了她。只是，五点太早了。直树究竟是怎么打算的？

“可是，”康子说。“他没来。我等了他两个小时。”

“嗯……”

拓也凝视着康子的脸。她在说谎，还是说的真话？演这么点戏对她来说恐怕是信手拈来。

“谁知第二天就听说他被人杀了。我吓得心跳都快停了。”

“你没有一点线索吗？”

“当然没有。后来不是桥本先生又被杀了吗，我完全不明白究竟是怎么回事。”

“但两个案子有一个共同点。按顺序来说的话，接下来应该杀的是我。所以吓得我来这里找你。凶手真的不是你吗？”

“我不是没有动机吗？”

康子摊开双手。拓也两眼直直地盯着她。她也沉默地注视着拓也。

“行了，”拓也说，“我想还是来找你商量一下怎么才能找到凶手。怎么样？不喝葡萄酒吗？”

“我说了不喝。”

“你以为我给你下毒了？”

拓也说罢，康子顿时睁大眼睛，随后一脸像是猜出了什么似的，点了两三次头。

“说得不错啊，你也有可能杀了我。虽然我不知道你为什么要杀仁科先生和桥本先生。”

“你太不相信我了。那，这个怎么样？”

拓也打开和葡萄酒一起带来的盒子，上面印着著名日本点心店的名字。康子对这家店的点心，尤其是对果冻里含着整颗梅子的甜点完全没有抵抗力。

“白葡萄酒和日本点心，好奇怪的组合。没想到你会给我买这样的东西。”

康子的视线在点心上游走。

“你还在怀疑我？那好，你选一个，我先吃给你看。”

拓也说完后，康子从八个点心中挑了一个递给他。拓也打开点心的外包装，毫不犹豫地咬了一口，随后看着康子的脸。

“总要给我倒杯茶吧。”拓也说。

康子轻轻瞥了他一眼，站起来去了厨房。拓也能看到她准备茶壶和茶杯的身影。他冲着她的背影说：“辞职后你要干吗？”

“不干什么。我想做好生孩子的充分准备。对不住你了。”

“我不明白。你不就是想等我将仁科家族的财产弄到手后得到一大笔抚养费吗？那样的话你恐怕一辈子都不可能跟我结成婚，你愿意？”

“我对结婚没兴趣。”

康子端着沏好了茶的杯子进来了，杯上冒着热气。

“是吗……吃点心。”

“现在不想吃。”她说。

“你好像还不相信我。”拓也苦笑着说，“随你便吧。为什么对结婚不感兴趣？”

“我的梦想是吃喝玩乐。肚子里的孩子是我的摇钱树。我一直在等这样的机会。”

“是想做寄生虫吗？”

拓也说。康子的嘴角露出了一丝冷笑。

“你不也是寄生虫吗？别说大话。”

拓也没有回答，拿起热气已经下沉的茶杯，在端到唇边时停住了。

“怎么了？”康子问。

“想想我也不能单方面相信你啊。”

她摇着头说：“无聊。我怎么可能谋害你。”

“谁知道。”

拓也将茶杯推到康子跟前。康子露出了淡淡的笑容，端起茶杯。

“我希望你成功呢，你知道我是真心的。你进了仁科家后，我也就获得了新生，从此就能生活在灿烂的阳光下了。”

说着，她喝了一口茶水。拓也看着她，拿起了葡萄酒杯。

“原来如此，那要为阳光下的日子干杯咯。”

“啊，怎么回事……”

康子突然放下茶杯，瞪大眼睛，伸手捂住嘴巴。随后，她倒在沙发上，呻吟起来。

拓也喝着葡萄酒，看着康子痛苦的模样，竟然没有感到一丝害怕。一切尽在他的掌握之中。

两三分钟后，康子停止了挣扎。确认康子没有了动静之后，拓也慢慢站起来，手里握着葡萄酒杯，用脚尖踢了踢康子的身体。康子没有任何反应。

“居然说我寄生虫，别把我说得和你一样。”拓也踢了一脚康子的头，“狗屁阳光。阳光怎么可能照到你这样的女人身上。别不自量力。”

拓也决定趁康子不在家的时候下毒，到这一步为止的计划考虑得很完美。但是将氰化钾投在什么地方，这让他费尽心思。可以说他整天考虑的只有这一件事。

他想到过盒装牛奶、盐或酱油之类的调味品以及牙刷，等等。但他发现这些方法失败的概率都很高。首先不知道康子是不是喝牛奶，至于调味品，按照所烧菜肴种类的不同，毒性有可能变得极低。如果在牙刷上下毒，有多少能进入体内也是个疑问。

必须在康子当着自己的面吃下去的东西里下毒。因为，在自己不清楚的情况下让康子中毒身亡的做法过于危险。如果有人正巧在那种时候进了康子的房间，一切就会泡汤。

还有一个办法，带着事先下了毒的饮料或是什么东西作为礼品来送给她，或者让她拿出咖啡之类的东西，趁她不注意时下毒。

不过，这种办法只有在她毫无戒备的情况下才能成功。而且，要趁她不注意时下毒，实际操作上难度太大。

哪怕是警戒心再高的人，稍有不慎也会喝下什么——那人亲手泡的茶或者冲的咖啡。

想到这里，拓也才想到了下毒最好的地方。

水壶的注水口。事先在那里放入粉状氰化钾，从外观上是看不出来的。放入茶叶后，一倒水，氰化钾便静静地融化，进入茶杯，这样就制作出了一杯浓度足够的毒茶。

一定能成功——拓也充满信心。他实施了计划并成功了。

在确认康子已死之后，他揭下手指上的胶水。接着，他先洗了茶壶、茶杯和葡萄酒杯，用布擦干。为了避免留下指纹，他小心地将它们放回餐具柜。警察一定做梦也不会想到它们和康子的死有关，他想。

接着，是戴上手套后的作业。拓也将带来的东西收拾好，再在康子面前放上玻璃杯，并往杯子里加了点水。

自杀之前，应该会做一下最后的打扮。

拓也走到梳妆台前，看看能否找到给尸体打扮一下的装饰品。他一眼便发现了一枚金色花样胸针。胸针周边的八朵花瓣是金色的，中心部位镶着一颗钻石。

她竟然有这么高档的东西。

拓也想给尸体戴上，但马上改变了主意。也许今晚康子就是戴着它去看音乐剧的。如果给她戴错了地方，说不定会被和她一起去看音乐剧的女职员察觉。

不用太讲究了——这样想着，拓也离开了梳妆台。

他边穿鞋边进行最后的确认。没问题。很完美。他点了点头，向窗外看去。已经是深夜了，这种时候如果被人发现就糟了。

他确认外面没人之后打开房门。不需要关灯。应该没人会在漆黑的夜色中自杀吧。

出了房间，他用另配的钥匙锁了门。一切做得天衣无缝。昨天下午，拓也用样品制造车间的器具做了这把钥匙。昨天吃午饭时，他来到康子的桌边，从抽屉里拿到她的钥匙用黏土取得了模型。然后，在康子去看音乐剧期间，偷偷潜入她的房间，在茶壶嘴里放入氰化钾。

拓也离开康子住的公寓大楼回到车上。没有丝毫疏漏。迄今为止，在重要时刻，自己从来没有出过差错。

拓也发动引擎，踩下油门。驶过公寓门口时，他不禁想笑出声来。

5

雨宫康子的尸体，在休息日过后的二十三日星期一被发现了。那天她没有去上班，也没请假，同部门的女职员有点担心，便去她在调布市内的公寓探望，由此发现了尸体。之所以会有如此及时的反应，全都归功于出了桥本敦司被杀案。

康子倒在兼做厨房的餐厅里。桌上只有一个盛有四分之一水的玻璃杯。室内收拾得很干净，没有打斗过的痕迹。

法医看了一眼说："可能是氰化氢中毒。"嘴边残留着有杏仁味的黏液便是症状之一。

"是那个凶手吧。"第一个开口的是谷口。由于是第三起凶杀案，他第一时间就赶到了现场。

"那个凶手"指的是杀仁科直树、桥本敦司的凶手。

"雨宫康子是仁科敏树办公室的职员吧。而且，直树被害那天她请了带薪假……"

佐山说，他想起几天前和谷口的谈话，不禁懊恼不已。雨宫康子已经进入了他们的视线，但没有足以令他们去监视她的材料。

"难道是杀了两个男人的女人，因愿望已经得到满足而自杀了？虽然不清楚她的动机，但往这条路上去想也不是说不通。"

"想不通。"佐山说，"如果她一开始就打算自杀，完全用不着以这么周密的方法去谋杀仁科和桥本。那种杀人手段，怎么想都是凶手出于保护自己的目的。”

“也可能是想法变了，或者是很冲动的自杀。也可能感到了我们警方的威慑力，索性一死了之。”

佐山摇了摇头。

“本案的凶手非常冷静，没有很冲动的举动。”

“不，不。杀人本来就是很冲动的行为。先不说这些吧，调查之后就能搞清楚了。”

谷口拍了一下佐山的肩膀，让他指挥其他办案人员。

佐山走进康子的卧室。那里除了一张床，还有一张梳妆台，上面的镜子能照出整个身体。梳妆台上放着一枚金色胸针。床上的枕头边，有一个立式首饰盒。

佐山取过首饰盒打开看了看，里面的东西不多，但净是些看上去是用真玉石制成的名贵品牌的珠宝首饰。现在的白领女性，真有那么高的工资毫不费力地买这些东西吗？佐山心里嘀咕着。

他在打开衣橱后同样产生了这一印象。佐山几乎不认识女式服装的品牌，但他凭直觉感到都是些好东西。

“看来过得很奢侈。”佐山身边的年轻警察也凑上来看着衣橱说，“这间公寓的租金就不便宜。再加上身上的穿戴，她花钱很厉害啊。”

“嗯，是有些太会花钱了。我不是忌妒，以我们的工资绝对过不了这样的生活。”

“现在的年轻女孩都很有钱。”

年轻警察禁不住一脸羡慕地说。

随后，佐山拉开梳妆台最上层的抽屉。屋子里有好几个用来放物品的架子，他奇怪的是首饰之外的贵重物品放在哪儿。带着这样的疑问，他留意到了梳妆台的抽屉。

他的直觉没错，抽屉里放着银行存折、健康保险证之类的东西，还有一枚图章。难道她就没有想过万一小偷进了屋里怎么办？

佐山打开存折。与其说是为了搜查，不如说他充满了好奇心。他想看一下这个年轻女人究竟富裕到什么程度。

看到上面的数字时，他立刻大失所望。

余额四万两千一百三十七日元。

怎么回事，他纳闷。就算是发工资日的前几天，这点钱也实在少得可怜。哪怕是新晋职员，也听说过有人一年能存上百万日元。

但他马上又觉得这可能也在情理之中。任谁一眼便能看出雨宫康子过着奢侈的生活，所以积蓄很少也完全不值得大惊小怪。假如这样的生活还能有很多存款，那才是不自然。

这样想着反而让人安下心来，佐山不由自主地苦笑了一下，自己在和这个刚二十出头的女人比什么呢？

不过，他的苦笑没持续很久。他在抽屉中发现了更让人感兴趣的东西。

医院的挂号单。

挂号单上印着“永山妇产科”字样，就诊日期是十月十三日，正好是上个月。

“头儿。”佐山叫谷口。

永山妇产科医院距离雨宫康子的住处大约十分钟车程。那天夜里正巧康子的主治医生值班，佐山和新堂便去了解情况。

已经一头白发的中年医生，听到康子的死讯后惊呆了。

“人是有些奇怪，但长得很漂亮。她居然死了？人的命运真是难以捉摸啊。不过再说这些也没用了。”

“她哪里奇怪？”佐山问。

“第一次来这里给我的印象有些奇怪。她说自己应该是怀孕了，拜托我给她看一下。虽说现在的女孩子都很直接,但像她那样的也不多。”

“那，她是怀孕了吗？”

“两个月了。”医生回答，“我说了‘恭喜你’之后，她的反应也很古怪。看上去似乎很开心，又好像很冷静。虽说是未婚，但一点都不担心的样子。”

佐山从心底钦佩医生冷静的分析。

“她不想打掉孩子吗？”新堂问。

“没有。”医生很明确地回答，“我也想她是不是希望打掉孩子，但她说想要生下来。听了这话我也就放心了。”

康子想把孩子生下来。

是谁的孩子呢？佐山转动着脑子。

“她有没有说起过孩子父亲的事？”他问。

医生的表情有些困惑。

“其实，雨宫小姐问过我一个奇怪的问题。”

“奇怪的问题？”

“她问我什么时候才能知道孩子的血型。”

“哦？”佐山和新堂对视了一下，“很奇怪的问题。”

“我想，也许雨宫小姐本身并不很清楚孩子的父亲是谁，所以才问我孩子的血型。”

“原来是这样。那您告诉他了吗？”

“我对她说，胎儿在受精的瞬间血型就已经确定了，但要查血型的话还是要等到孩子出生后比较好。怀孕初期到中期不是不能查，只是非常危险。”

“雨宫小姐接受了您的建议吗？”佐山问。

“她想了一下，接受了吧。她也没有改变将孩子生下来的决定。之后一直很顺利。”

说着，医生露出了很遗憾的表情。

回到警局，佐山向谷口汇报了情况。谷口看着天花板自言自语，像是在整理头绪。

“雨宫康子怀孕了。她自己也不清楚孩子的父亲是谁。也就是说她和几个男人有关系。即便不知道孩子的父亲是谁，她还是要把孩子生下来，她是打算一个人抚养？”

“不合常理，”佐山说，“单从她的房间就能看出她是个过惯了奢侈生活的人，绝不是不需要丈夫、愿意一个人艰难抚养孩子的女人。”

“不对。在面对孩子的时候，女人就变成另外一个人了。”说话的是站在旁边的新堂，“不想结婚，但想要孩子，这样的女人不少啊。和很多男人交往过，已经厌倦了和男人一起生活，是这类女人的共同点。”

新堂说话的时候充满了自信。佐山不怎么了解现在的女人，只好沉默。

“总之，先要找到孩子的父亲。”

谷口说道。“也不知道是不是还活着。”

他指的是仁科直树和桥本敦司。对此，佐山和新堂心领神会地点了点头。

6

拓也对公司内部对康子的死产生的反应基本满意。虽然今天的晨报上没有详细报道细节，但发现尸体的女职员的话流传开来，大家基本相信康子是自杀的。拓也问今天第一个遇见的同事：

“你听说了吗？董事办公室的雨宫康子用氰化钾自杀了。”

那个男同事补充道：

“我还听说谋杀仁科主任和一科桥本的人就是她。不知道为了什么，女人真是可怕呀。”

说得是啊，拓也装出一脸凝重的神情附和道。

下午，拓也去了埼玉的车间，那里的人也都在谈论这件事。

“对桥本我很熟，他不是那种招人恨的人啊。他和这次死了的女人有点什么事吧？”

在车间负责生产技术的姓长濑的男人，似乎想要从拓也那里打听出什么有趣的消息，一直不停地在说这件事。

“我不清楚。”

拓也只好这样回答。

那人说有台机器人有点问题，带拓也去了二车间。

“这台机器人确实比过去速度快，而且不会损坏抓起来的产品。不过，像这种次品传到跟前的时候，它也照样抓起来组装，能想想办法吗？”

长濑手里拿着一个次品说。

“没什么大问题吧，在后面的产品检验中也能检出来。”

“话是这么说，但要是能尽早检出来，就不会浪费零部件了。”

“既然这样说的话，不要让次品流下来不是更好吗？前面的工序不是人在做吗？”

“是的。”长濑的声音变小了，“非常仔细的工作，不能全自动化吧？”

“只要是人干的活儿就会有次品，不要将责任推给机器人。”

“也不是这样。”

“你说的有点问题就是这事吗？”拓也发火道，“特意把我叫来原来就是为了这个？”

“不是。其实还有一台机器人出了差错。”

长濑又带拓也去了另一个地方，那里的机器人在干焊接的活儿。

“明明按了停止键，机器人还是会突然动起来，所以只好将电源拔了。”

“哦？”

拓也看了一下机器人。对这台机器人，特意在手臂动作上做了精心设计。

“行了，我来检查一下。我想不是噪音造成的。”

“拜托了。去年出过事，所以操作人员很害怕。”

长濑说。拓也注视着他的脸。

“那次事故已经弄清楚是操作人员的失误。你别胡说八道，不把话好好说清楚会给我添乱的。”

“这个我明白。但那些在第一线干活的人很难抛开偏见。”

“不错，就是偏见。”

说着，拓也打开控制器的开关。

“对了，我想起来了，”长濑改变了语气说，“昨天总部有人来电话问你的事。”

“我的事？”

拓也停下手，回过身。“什么事？”

“挺奇怪的。她问我你检查过的机器人的名字……这种事问你本人不是更省事吗？”

拓也皱起了眉头。

“真是奇怪的问题。哪里来的电话？”

“她只说是整理技术信息部门的人。是个女人的声音。”

“哦……”

究竟是谁呢？拓也感到极其不快。

7

雨宫康子的尸体被发现的第二天，调布警局向设在狛江警局的专案组报告康子的父亲来了。康子的老家在福冈，她父亲夜里没法过来，所以是乘今晨最早的班机赶来的。

谷口派新堂去向他了解情况。

佐山又去了MM重工。他边无聊地计算着自己已经是第几回来这里了，边走到公司正门，在来访者登记簿上写下自己的名字。他对来客等候的大厅格局也已经十分熟悉了。

这天他先见了管理整个研究开发部女职工的股长。那人叫中野秋代，中年女子，属于过去人们常说的“知识女性”的类型。她瘦削的脸上架着一副金丝边眼镜，非常协调。她介绍说，康子等女职工的正式编制属于人事部，她们被派到各个部门。中野本身也是人事部的股长。

“工作上干得挺不错的一个女孩，也很听从我们的安排。”

也许是已经听说了康子的死讯，中野秋代的声音听上去比较平静。

“您的意思是说她是个挺不错的部下？”

“是啊。不过……”中野秋代说得有些吞吞吐吐，“有时候不知道她在想什么，大概这是现在年轻人的通病吧。我不是说她工作不认真，或者有什么难以理解的行为。只是，工作之外她几乎不和我们任何人交往。我完全不了解她平时过着怎样的生活，可以说没见过她真实的一面吧。”

“也就是说她把工作和生活分得很清楚。”

佐山说。这是现在年轻人的特点。

“是的，所以我——”说到这里，中野秋代停了一下。“说实话，我对这个孩子有点手足无措。”说着，她调整了一下金丝边眼镜。非常中肯的看法，佐山点着头表示认同。

他又问了对康子的死有什么可以想到的线索之类的问题。中野秋代的回答是没有任何线索。

“啊，不过，”她似乎想起什么似的说，“她说最近会辞职。不过，还没有交辞职报告。”

“辞职？理由是……”

“她说准备回老家学习怎么做人妻子，她没说太具体。”

随便找的借口，佐山想。从口气听来，中野秋代并不知道康子怀孕的事。

从这位负责人这里能了解到的也就是这些情况了吧，佐山想。他提出想找与康子关系最好的同事谈一下。中野秋代便推荐了一个名叫朝野朋子的女职员，她和康子同期进的公司。

但是，从朋子那里没有了解到任何有价值的东西。

“她居然死了，真是难以置信。要有什么想不开的事情，来找我商量就好了。”

朋子用手绢擦着略显丰满的脸。

佐山问起康子的异性关系。

“她长得那么漂亮，好像有男的追求她，但没听说她和男人交往过。

我们有时会受男职员的邀请一起去打网球或滑雪，她好像不太喜欢这些。我们邀请过她，可她一次都没参加。”

“会不会她在公司外面有男朋友？”

佐山问。

“不可能，完全没听她说起过。”

朋子很坚决地否定了。

没有男人不可能怀孕，她也不可能生下只是一夜情男人的孩子。这意味着，即便是朝野朋子，也根本不知道雨宫康子的情况。

之后，佐山决定见一下仁科敏树。暂且不说桥本，将仁科直树和雨宫康子联系起来的只有仁科敏树。

但在拿起公司内部电话的一瞬，佐山又决定不见仁科敏树了。要见他的话，还需要将材料准备得充分一些。

于是，佐山去公用电话亭给专案组打了个电话，谷口指示他马上去新宿，与负责寻找康子女子大学同学的警察会合。

“从康子的父亲那里得知了那个同学的名字，她们一起去旅行过，康子的电话本上有那人的联系方式。”

谷口说了句“交给你了”之后，便挂了电话。

说好在新宿某宾馆一楼的咖啡馆见面。佐山抵达后，坐在方桌前的一个脸部宽大的男子举手招呼他。那人是谷口组的警察，姓内藤，比佐山大两岁。他擅长柔道，长得虎背熊腰。

“太好了。”内藤挠了一下留着中分发型的脑袋，眯着双眼，“我对付不了年轻女人，正在发愁呢。”

“你喜欢对付流氓？”

“那当然，不需要费脑子。对付女孩子的话，还要考虑怎么说话。这事就拜托你了。”

内藤用右手做了一个劈砍的动作。

五分钟后，内藤对付不了的年轻女人出现了。大概是内藤的体格太过显眼了，她径直朝他们走了过来。一个脸形小巧的漂亮女人，一身黑色基调的西服显得很雅致。这身打扮简直可以媲美模特，也许是款型特别好的缘故吧，佐山想。

那女人自报家门："我叫美智子。"鼻音有点重。她神情有些紧张，一看便知她正在暗暗掂量眼前的警察。

"百忙之中打扰了。"

听说美智子在附近的保险公司工作，所以在自我介绍后佐山表达了一下歉意。

"你听说雨宫康子小姐去世的消息了吗？"

"刚听说，"美智子回答，"我非常吃惊。"

她眨巴着眼睛，但担心她哭出来似乎是多余的，现在的年轻女人都很擅长掩饰自己的感情。

美智子向服务员点了奶茶之后，佐山首先问了她与康子的关系到什么程度。她用淡淡的语调说，她俩是大学同学，现在有时也一起去喝酒，不过，最近有两个月没见面了。接着她问佐山能否抽烟，佐山说"请"，将玻璃烟灰缸推到了她跟前。内藤完全不顾身份地迅速抓起烟灰缸里的火柴想要帮美智子点上，就在他粗壮的手指磨蹭的时候，美智子已经从提包中取出细长的银色打火机，优雅地点着了火。

佐山将剩下的咖啡一口喝了下去。

"近两个月也没通过电话吗？"

美智子夹着万宝路的手指按在太阳穴上。

"好像一个多月前通过一次电话。"她回答，"没什么重要的事情。不过，她说了些奇怪的话，什么要赌一把，一辈子就这么一次……"

“赌博吗？”

内藤问。美智子无视他的提问继续说：

“我问她是什么意思，但她没有回答我。我问她是不是喝醉了，她说没事，今天是最后一次喝酒。不知道她出了什么事。”

美智子露出一脸百思不得其解的神情。

“一个月之前吗？还记得准确的日期吗？”

“我想想是什么时候。星期四……不对。星期二，不错。那是几号？”

“十三号吧。”

佐山立刻看了一下笔记本里的日历。美智子点了点头，她想应该没错。

稍稍有了点眉目，佐山想。十三日那天是康子去永山妇产科医院确认怀孕的日子。也就是说，她对美智子说“要赌一把”毫无疑问指的是生孩子的事。

问题是，为什么这是“赌一把”？

内藤问美智子：

“雨宫小姐在男女关系上是什么态度？”

虽说语气有些直接，但很合时机，这正是佐山想要问的。

“最近没听说她和什么人交往。不过，她过去就是个主动出击的人，说不定找到了不错的对象。”

这时，美智子的神情才稍微放松下来。

“学生时代和很多男生交往过吗？”佐山问。

“你是问康子还是我？”

她的眼睛像猫似的翻了一下注视着佐山。

“说说雨宫小姐吧。”

“她热闹得很呢，几乎没有缺男人的时候。我根本没法比。”

“你过谦了……她和那时候的男朋友都分手了吗？”

“那当然。她很能分清玩玩和结婚的区别。”

“是吗。”

佐山的脑海里突然闪过一个念头。“我问一个有点失礼的问题。雨宫小姐上学时有没有发生过不小心怀孕的事？”

话音刚落，美智子的脸便阴沉了下来，好像挺不愉快。佐山两眼一刻不离地注视着她的嘴唇。虽说一脸不情愿，她还是吐了口白烟回答：

“我知道的，两次。”

“打胎了？”

“是的。”

“是什么时候的事情？”

“二年级时的夏天和四年级那年的秋天。”

“对方是什么人？”

“二年级的时候是兴趣小组的学长，四年级时是在打工的地方认识的摄影师。”

两年中恋爱对象的类型好像完全不同。

这一点暂且不论，康子似乎对堕胎没有任何抵触心理。

“她没考虑过和那两人结婚吗？”

“应该完全没有考虑过。她说一定要找一个结婚后不用再为钱发愁的对象。”

“想要攀高枝啊。”

内藤嘟囔了一句，带着鄙夷的语气，美智子瞥了他一眼。

“出生在平凡家庭的人，想要进入上流社会唯一的途径就是结婚啊。光有爱情是没法生活的。”

“这是你和雨宫康子小姐的价值观。”佐山说。

美智子微微抬起头。“不可以吗？”

“没什么不可以，这是你的自由。结果怎么样？她身边有理想的人选吗？”

“她刚进公司时谈起这事，叹着气说很遗憾，没有好的对象。”

“也就是说事与愿违。那你呢？”

“我？”

美智子将还剩一半的烟在烟灰缸里掐灭。“我明年结婚。”

“那好，恭喜你。是理想中的对象吗？”

“是的，银行家的次子。”她说。

“果然如愿以偿了。”

“是通过相亲认识的，这不明摆着。”

说着，她又抬起头来。

佐山等人回到专案组。新堂也回来了，正向谷口汇报从康子父亲那里了解到的情况，佐山便待在一旁听着。

“她出生在福冈市。父亲是高中老师，教社会课。她有个哥哥，在鹿儿岛的水泥厂工作。母亲不在，十年前离的婚。”

“这么说来，她父亲一个人过？”

“不，还有个八十一岁的奶奶，母子两人过日子。”

新堂继续汇报康子的情况。她在老家乡下的小学、中学毕业后，上了市内的高中。高中毕业时，她带着强烈的愿望，考上了东京的私立女子大学。

“年轻人都向往东京啊。”谷口叹了口气。

“据她父亲说，无论是上高中的四年，还是毕业之后，她一次都没有回家看过。找工作需要提供的东西全部是邮寄的。”

“好悲凉的故事，她父亲真可怜啊。钱一定没少要吧。”

“大学时代家里给她寄的生活费据说每个月十二万日元，但她还是很不满。”

谷口一脸厌恶地轻轻摇着头。

“她父亲为她辛苦了大半辈子，结果她却一死了之，真凄惨。”

“说得是。她父亲情绪很低落，太可怜了。”

“告诉她父亲康子怀孕的事了吗？”

“说了。简直是在他伤口上撒盐，我真的不愿意说。当然，没有任何线索，他好像受了很大的刺激。不过……”

新堂停了一下。

“怎么？”

“他问我康子是怎么打算的，我回答说她想生下孩子，她父亲陷入了沉思，神情挺奇怪的。不不，也许没什么特别。”

新堂似乎有什么怀疑。

不久，去各地调查情况的警员陆陆续续回来了。大家都没有特别大的收获，只有去银行调查康子存款的警察说了一件很有意思的事。

“我们发现了康子过着奢侈生活的秘密。”他说，“她全部是分期付款。先用信用卡买东西，然后要不用奖金、要不用几个月分期付款的方式还账，每个月的工资都用在了还账上。可能她还没到那份儿上，这就叫自行车操业[①]。不知她本人有没有意识到这一点。”

翻开存折时顿感危机，但一到了购物时便无法控制，佐山想象着，信用卡设置了这么一种陷阱。

---

①指不断以借贷还贷的方式维持资金运作的行为。

“只要简单计算一下就行了，她这种自行车操业引发的破产好像只是时间问题。不过，近两个月她在用钱上好像有所克制，大概她有点着急了。”

“咳，欠了一屁股债也要买那些名牌服装和首饰吗？”

女孩子的心理真是搞不明白，柔道六段内藤举手做了一个投降的手势。

“科学搜查研究所也发来一个报告。”谷口拿出文件，“仁科直树房间的烟灰缸里不是发现了烧掉的纸吗，虽说几乎辨认不出内容，但是……”

“只能认出 A 和 B 之类的符号吧？”新堂说。

“准确地说，当时认出了 ABC 三个字母。但根据科学搜查研究所的报告，经过后来的分析，好不容易辨认出了后面三个字。”

谷口将文件送到大家跟前，所有人的目光都集中到那上面。不过，马上就有人发出失望的叹息声。

“就那么一点啊。”说话的是内藤。

“但它是非常有用的线索。”

“我们该怎么做？是不是大家都想想看有没有能对上号的人？”

“可以是可以。不过，公布出去等待消息也是个办法。这样做需要 MM 重工的配合，他们不会不愿意吧。”

嘴里说是非常有用的线索，但谷口的语气听上去并不是那么期待。

这天晚上康子尸体的解剖结果出来了，办案的刑警集中到了一起。

“死因是氰化氢中毒。死亡推定时间是二十一日星期六的晚上。”

谷口环视了一下警员们。“三个月身孕，胎儿很健康。”

“孩子的血型呢？”佐山问。

“查清楚了，就结论来说，仁科直树和桥本敦司都不是孩子的父亲。”

8

康子被害已经过去五天了。今天是二十六日，星期四。

拓也在技术资料室里查阅文献。他并没有特定的文献要查。他经常在工作累了之后来这里放松一下。资料室很安静，还有写字台，最适合思考问题。

还没有警察来找自己。好像警察找了一些相关人员，所以说康子的死并没有被简单地定性为自杀。不管怎么说，警察不可能那么轻易下结论。

不过，一切顺利，拓也感到很满意。虽说如此，事情却并没有结束，杀直树和桥本的凶手还没查清楚，但不像是康子。

必须找到一个查出凶手的办法。

拓也边想着别的事，边向存放技术报告的文件柜走去。MM 重工的研究人员必须将自己的研究成果写成报告提交给公司，这些报告都成了公司的财产。公司里有几百名研究人员，每人每年都要提交几篇报告，保管室很快就会饱和，所以，所有报告都收在微缩胶卷中，存放在这个文件柜里。

拓也回过神来时，已经站在机器人开发部的文件柜前。最近这个文件柜里的研究报告数量激增，尤其是研发二科最为突出。

怎么回事？他找了一下收着自己的研究报告的微缩胶卷，发现被抽掉了，空出一块。

不用想太多，这里的资料任何职员都可以来查阅，他想。文件不在此，应该就是被人借走了。

是谁在读我的报告呢？

很好奇。拓也环视了一下放着微缩胶卷放大装置的房间。这里一共有五台装置。此刻在装置前看文件的只有一个人，而且是个女的。

看到她的脸时拓也吃了一惊。他认识她。仁科直树办公室的事务员，名叫中森弓绘。

她为什么要看我的报告？

拓也马上想起了在埼玉县的车间里听说的事情——总部有人来电话，询问他负责的机器人的事。

那人是不是中森弓绘？

拓也悄悄从身后向中森弓绘靠了过去。她的手边放着一份文件，像是边对照文件的内容边查看微缩胶卷。从拓也的位置无法看清文件的内容。

他躲在文件柜后等中森弓绘看完。过了一会儿，中森弓绘关掉微缩胶卷放大装置的电源，抽出胶卷，向文件柜走去。文件应该是放进了身边的纸袋。

拓也快步走上前，取出文件。文件的题目是“昭和四十九年业务计划”。这是什么？脑子转动的同时，他打开封面，立刻瞪大了眼睛。

“关于机器人‘直美’造成的死亡事故”——首先映入眼帘的是这个标题，是安全科所写的报告的附件。

拓也又翻了几页，装订在一起的有报纸的报道、机器人直美的操作说明书等。

怎么回事？这是为什么？

拓也听到了脚步声，于是他将文件放回纸袋，又躲到了文件柜后面。

中森弓绘想干吗？她为什么将那个事故翻出来？拓也拼命整理有些混乱的思绪。机器人直美事故是去年夏天发生在埼玉第三组装车间的死亡事故。但那被定性为操作人员的失误，已经结案了。

也许她是受开发企划室什么人委托，但那份奇怪的文件是怎么回事呢？

怎么想都没有头绪。拓也想直接去找弓绘问一下，但又担心可能会带来不妙的结果。

还是先了解一下那个女人的情况比较明智。

经过绞尽脑汁的思考，拓也终于作出了决定。

他回到办公室时，正好科长召集大家开会。拓也也被叫了过去，和同事一起站在科长的办公桌前。

“现在缺席的人之后请各位互相转告。关于那个案子，警视厅希望我们广泛收集信息。”

科长的声音听上去比平时低沉了许多。迄今为止大家都觉得自己不过是看热闹的旁观者，现在突然发现这个案子和自己不无关系。

所有人的眼光集中在科长身上，他开始念手里拿着的一张纸。

“内容是这样的：仁科企划主任被害案中，主任的房间受到了侵扰，在烟灰缸里发现了纸张烧掉后留下的灰烬。上面的文字已经辨认出来，请大家听一下，想想看有没有线索。”

什么纸？拓也想。桥本说过为了寻找那份联合签名的纸翻过直树的房间，但没有说烧过什么东西。他肯定没有找到任何有关谋杀康子计划的证据。

那么，烧东西的是直树本人？

科长继续说：

“发现纸灰时辨认出来的是三个英文字母 A、B、C。只有这几个字母根本不可能找到线索。”

ABC……

就是它，拓也不由得咽了口唾沫。那是谋杀康子的计划书。那张纸在直树手里。他一定是行动之前在自己的房间里将它烧了。做得这样虎头蛇尾，还不如揉成一团扔在地铁站的垃圾箱里更安全，拓也想。他狠狠地咬了一下牙根。

“不过，据后来的科学分析，能辨认出另外三个字。两个是汉字，房屋的‘屋’和孩子的‘子’。”

拓也能感到自己的心脏在剧烈地跳动。太危险了，冷汗都冒出来了。“屋”不就是“名古屋”的“屋”，“子”应该是“康子”的“子”。都是计划书里出现过几次的汉字。

科长接下去的话更让拓也大吃一惊。

“最后一个字也是字母：D。在 ABC 之后又辨认出了 D。对上面六个字有任何线索的话，请告诉我。”

音箱里传出的曲子不知什么时候变成了摇滚乐，拓也起身拿起遥控器对准调谐器将 FM 换成了 AM。他心想总有个频道在播新闻，但每个频道都在放偶像歌手们唱的拙劣的歌曲。

他关掉电源，屋子里立刻变得一团漆黑。是没有开灯的缘故。从公司回家后，拓也直接上了床。尽管他打开了音响设备，但几乎什么都没听进耳朵里。

“D……是什么？”

他思考着这个字母的意思。制订谋杀康子计划时使用的字母只有三个：ABC，但警察却说在烧掉的纸上发现了 D。

A 是仁科直树、B 是我、C 是桥本——D，想到过康子，但不可能。康子就是康子，所以会出现“子”这个汉字。

还有扑克牌魔术，拓也想。直树很擅长用扑克牌变魔术，他在用扑克牌抽签时搞鬼是很简单的事，但他抽了承担最艰巨任务的角色 A。

直树一定隐瞒了什么，这一点毋庸置疑。并且，他隐瞒的事情中就有“D”。

可以想象，直树应该还有一个没有告诉他和桥本的计划。那个计划中除了有 ABC 之外，还有个 D。但直树不能将 D 的存在告诉他和桥本。

直树真正的计划究竟是什么？拓也试着对 D 承担的任务进行推理。既然他必须瞒着我们，肯定与 B 和 C 的任务没有关系。如此说来一定和 A 的任务有关。

想到这里，拓也倒吸了一口冷气。D 的任务不就是代替 A 杀死康子吗？因此直树才要利用魔术让自己承担 A 的角色吗？

拓也挠着头，朦胧中似乎有了些眉目。还差一点，他想。

直树在制订谋杀康子的计划时，并不是打算亲自动手，而是要让 D 来完成这个任务。但他不能保证 D 不被人怀疑，所以，为了制造不在场证据，他要利用拓也和桥本。为了不让两人知道有 D 的存在，他伪装成由他来杀康子。

但是，直树失算了，他反过来被 D 所杀。

D 究竟是谁？拓也脑中闪现出很多人的面孔。不能让人知道和直树有关系的这个人究竟是谁？

拓也从床上起来，去厨房喝了点水。自来水是最安全的。这几天他有些放松警惕，凶手一定也想要他的命，这一点肯定没有变。

要我命的也是 D 吗？——拓也紧握水杯。

这时，门铃响了起来，拓也情不自禁浑身颤抖了一下。这种时候谁会上门呢？他放下水杯，从门镜向外看去。

门外站着警察。拓也之前见过，那人姓佐山。拓也慢慢转动门把手，脑子迅速转动。难道他们有了康子凶案的线索？不，至少他们不会怀疑我，他这样告诉自己。

拓也调整好呼吸，打开门，佐山一脸亲切的笑容。

“这么晚了打扰你，非常抱歉。”

佐山说着从衣服口袋里掏着什么，被拓也制止了。

“我记得你，佐山警官吧。有什么事吗，已经这么晚了？”

“不好意思。有些事想要请教，现在方便吗？”

“可以，请进。”

拓也将佐山让进了房间。他突然意识到，通常自己是不会让警察进房间的。看来还是不够冷静。

“不错的房间啊，白天阳光一定很充足。最重要的是安静。恕我冒昧，你买的吗？”

佐山拉开阳台一侧的窗帘一角，透过玻璃望着外面的夜景。

“租的。”拓也回答，“工薪阶层买不起。”

“深有同感。我也租很小的公寓。”

“案子进展怎么样了？我们公司看上去好像已经没事了。”

“没事了？”

佐山将窗帘一角拉回原处，带着意外的神情问：“什么意思？”

“大家都认为雨宫小姐是两起杀人案的凶手，最后本人也自杀了。”

佐山轻轻点了点头，伸手揉着脖子。

“也有这种可能性，如果是这样就没事了。”

“也有不是这样的可能性吗？”

“嗯，不清楚。”佐山说，“还什么都说不准，调查也进展得不是很顺利。所以要拜访各位，给大家添了不少麻烦。”

“和我有关的调查，还有什么不清楚的地方吗？”

“倒也不是。”

佐山从西服内侧的口袋里掏出黑色笔记本，动作夸张地打开。

“我想再请教一下本月十号的事情。你去名古屋出差，去了名叫名西工机的公司吧？”

“不错。”

拓也稍稍安下心来，点了点头。如果是那天的事，他有自信无论问什么都不会出问题。

“这件事我们已经从你们科长那里了解过了。据说是你本人提出要去那里出差的吧，而且走得很急？”

“没那么急，这是常事啊。”

“但贵公司与名西工机之前并没有业务往来，为什么却选在那个时间去那里？”

果然调查过了，拓也想。

“过去名西工机向我们推销过产品。对于我来说，为了避免过于集中，我想发展新客户。但我对那些没有实际业务往来的公司还是没有十足的把握，所以就想这次先让他们提供一下用于研究的设备操作说明书。”

在拓也听来，这番话怎么都像是在瞎编，但对佐山来说，应该不能成为判断拓也是在瞎编的依据。

“我明白了，你是不想墨守成规吧。”

听口吻似乎佐山也接受了。

“我的不在场证据有问题吗？”

拓也问。

“不不。”佐山摆了摆手，“我们的原则是只要有一点疑问就必须确认清楚，请不要介意。”

“我没有介意。”

“不好意思，顺便再请教一下。二十一日下午你去哪儿了，上周六？”

果然来了，拓也想。那天是杀康子的日子。

“基本上待在这个房间里，只在晚上去了一次便利店。对了，还去借了录像带。”

拓也拉开抽屉，取出几张收银条。他从中找出一张递给佐山。

“去买了快餐，上面有日期。”

“十一月二十一日二十一点零五分……不错。那天晚上就你一个人？”

“是的。”

语气很坚决。尽管没有不在场证据，但声音不能变小。

“明白了。我可以借走这张收银条吗？”

“可以，送给你了。”

佐山将纸条仔细收好。

“不好意思，打扰了。净提些失礼的问题，敬请谅解。”

“没关系。”说着，拓也目送佐山转身准备离开。佐山在打开门之前似乎突然想起什么，又转过身来。

“还有一件事可以请教一下吗？”

“什么事？”

“请问你的血型是什么？”

“血型？”

拓也立刻明白了。他们在寻找康子腹中孩子的父亲。拓也注视着佐山的脸，故意露出一脸苦笑。

“你要问的是雨宫小姐怀孕的事吧。我和她没有任何关系。”

关于雨宫康子怀孕的事，几天前报纸上有一条篇幅很小的报道。

佐山将手放在额头上，不好意思地咧嘴露出了白牙。

“被你看穿了，不好意思。对所有相关人员都要问一下。”

“那个男人不是桥本或仁科主任吗？报纸上倒没说。”

“其实两人都不是，他们的血型不符。”

拓也心里咯噔了一下，难道是我的孩子？

“怎么会不符？”

“请先告诉我你的血型。”

佐山嘴角露着笑，眼睛却没有半点笑意，注视着拓也。拓也舔了一下嘴唇。

“O 型。”

他尽量让自己说得平静一些。

“O 型。”佐山确认似的重复了一遍，“你确定？”

“如果公司医务室的人没有骗我的话。”

拓也说。佐山半边脸笑了起来，随后收起笑容。

“雨宫小姐也是 O 型。桥本先生和仁科先生都是 A 型血。但孩子的血型是 B 型。”

“B 型？”

“是的。这样的话就可以排除对你的怀疑了。”

9

十一月二十七日，星期五。佐山和新堂并排坐在新干线“光”号的禁烟车厢里，目的地是名古屋。

“尸体接力，确实是个奇特的点子。如果说这是为了制造不在场证据，也就能理解为什么要特意将尸体从大阪运到东京了。”

新堂打开公路地图，用红铅笔在厚木服务区上画了个圈。

“不过，这个奇特的点子也已经不新鲜了。”

佐山将手臂放在扶手上撑着脸。“如果从大阪运到厚木，尸体接力没有多少价值。我对相关人员又进行了一次排查，没发现可疑对象。”

“唯一有嫌疑的人是当天去了名古屋的末永吧。”

“不错。但末永有不在场证据，而且完美得难以置信。虽说还是要见一下证人，恐怕推翻不了。”

“您提出要去名古屋不就是因为怀疑末永吗，还发函要求爱知县警方配合？”

“也没那么夸张。只是因为光就尸体接力而言，用排除法，最后也就剩这么一个人了。所以，说不定最后还不得不放弃尸体接力这个想法。不过，我对末永那天凑巧去了名古屋还真有些怀疑。而且，昨天我去见他，他很提防我。好吧，就算我陪你出趟差吧。”

新堂的所谓出差，是去走访仁科直树的老家，直树十五岁前一直在他母亲的娘家生活。

“说起来那条蓝色羊毛毯发现得真及时，头儿也就不能完全否定您的尸体接力的想法了。”

“比我想象的收获要大。”

昨晚新的鉴定报告出来了。报告显示，在仁科直树的上衣里发现了一些蓝色羊毛纤维。此前已经在桥本车的后备厢里发现了同样的物质，这就证明了用蓝羊毛毯裹着的尸体是由桥本的车运送的。谷口勉强同意这次出差，也正因为有了这个发现。

抵达名古屋后，佐山先去了车站旁边的中村警局。和局长打过招呼后便找到了姓宫田的警察。宫田是接受委托后帮佐山调查的人。他身材瘦小，一脸和气。

“关于租车的事，我在名古屋车站周围的租车店进行了调查，没有叫末永拓也的客人租过车。”

宫田直截了当地进入正题。

“果然如此。”佐山点头道，“对那七个人您调查过了吗？”

“调查了。这不是很难的事。我只询问了他们本人，可以吗？”

“没问题。”佐山说，“有什么结果？”

“七个人中六人有车。两人是丰田 MK2，其余的是丰田 Carina ED……都是好车啊。但六个人都否认了，没有人案发当天借车给别人。”

“是吗……不好意思，给您添麻烦了。”

佐山点头道了谢。

出了中村警局后，新堂问佐山：

“那七个人是怎么回事？”

“末永拓也高中和大学时代的同学。我要来了毕业生名单，列了一个现在住在名古屋的人员表。”

“您认为末永有可能向过去的朋友借车？”

“是的。尸体运到厚木，他还必须回名古屋，所以他一定要在名古屋借到车才行。”

“他好像没有去店里租车。”

“好像是这样。原本就对租车没抱什么希望。”

这个案子的凶手，不可能选择会留下证据的手段，佐山想。

“他不可能在东京借了车后出差当天开到名古屋来吗？”新堂问。

“那天早晨他和对方公司东京办事处的人在一起，搭乘新干线。”

“那有没有可能在那之前先将车开到名古屋来了呢？”

“那么长的时间，谁会借给他？”

“不能用自己的车吗？末永也有车吧？”

“他有车。丰田 MR2，两人座的，很小，后备厢刚刚能放进一个高尔夫球袋。”

佐山叹了一口气，新堂刚好做了一个投降的手势。

两人随后去了名古屋中心酒店。他们询问了前台服务员，对当天末永住宿的情况进行了确认。酒店的记录和末永的供述没有矛盾。就连末永委托前台早晨七点的叫醒服务都清楚地记录在案。

“这也没什么奇怪的。”出了酒店，佐山说，“假如真的制造了不在场证据，他肯定不会犯这些低级错误。”

“那接下来要去的地方也会是同样的结果？”

“差不多吧。不过还是得去。”

他们接着要去的地方是千种区的名西工机。

在名古屋地下街吃完午饭后，两人坐上了地铁。在千种站下地铁后，坐了五分钟出租车便抵达名西工机。出租车司机一听说公司名字便明白了，名西工机在当地应该算是著名企业吧。

在门口自报家门后，两人被带到了产品展示厅的接待室。墙边排列着的估计就是公司引以为傲的产品，但佐山对这些机器的运作和用途一无所知。逻辑测量记录仪是什么机器？一窍不通。

五分钟后对方来人了，一个身着藏青色西服、四十开外、体形偏瘦的男人。递过来的名片上印着“营业科长奥村丰”。佐山在之前的电话中已经了解到，就是这个人一直和末永在一起。

“你是来调查MM公司案子的吧？关于末永先生的事，已有好几个人来问过了。他是嫌疑人吗？”

奥村的问题相当直接。佐山急忙摆了摆手，同时露出了笑容。

“不是这么回事。那天正巧他不在公司，所以一遍又一遍地来确认。”

“原来如此，电视剧里警察破案好像也是这样的。”

奥村似乎非常满足。

佐山直接进入正题。他首先确认了末永的不在场证据。与酒店提供的情况一样，和末永的供述也没有矛盾。晚上十点之前奥村一直和末永在一起。

“晚饭吃到十点才结束，不觉得有些晚吗？”新堂说。

“是有些晚了。我们原本想早点结束，但末永先生提了很多问题，所以才拖长了。”

“末永先生提了很多问题？”

说着，新堂看了佐山一眼。意思是末永不会是故意的吧。

“吃饭的时候末永没有很留意时间吗，比如说经常看手表、有些坐立不安之类的？”佐山问。

“这倒没注意。”奥村流露出回忆当时情景的表情，“吃完饭后我想带他见识古屋的夜生活，但被他坚决地拒绝了，这一点我印象很深。他说想尽快整理出材料，我也就没有太强求。不过，当时我觉得整理那些材料也不需要花很多时间。”

“哦？也就是说吃完晚饭后末永先生就匆忙返回酒店了？”

虽说有些刻意，但十点以后他能做什么呢？

“我想他也是找个借口不和我们去喝酒吧。要是喝了酒，生意上就不太好直截了当回绝我们了。其实，这也是我们的目的。不过，本次的事情，我觉得 MM 公司从一开始就没打算买我们的产品，只是想确认一下我们公司的实力。”

“这种事经常有吗？”新堂问。

“有啊。在建立新的贸易关系前是必须的。不过，这次末永先生的考察说起来也太主动了，花了两天时间呢。说实话，我们压根没想过对方会这么主动。”

说着，奥村的眼睛眯了起来。

花了两天时间……

必须这么做的理由难道不是出于末永个人的打算吗？也可能自己想过头了，佐山心想。

离开名西工机回到名古屋，两人又换乘名古屋铁道公司的火车去丰桥。这次出差原本就是为了去仁科直树的老家。本次列车是全车指定席的特快，坐得很舒适。

“尸体接力的想法可能真的不成立。”佐山揉着肩膀说。

“但很可疑啊，末永，”新堂说，“那家伙去名古屋出差好像是伪装的。”

“我也有同感，像是为了制造不在场证据。”

“是啊，不在场证据。怎么想那家伙都没有时间杀仁科。”

新堂十指相扣，指关节“嘎巴嘎巴”地掰出响声来。这是他侦查遇到困难时焦躁不安的习惯动作。

“我在想一件事……”佐山开口道。

“嗯？”新堂将脸转向佐山。

“末永有没有可能也是凶手的同伙？”

“啊？”

“我的意思是假设有一个主犯，末永也好桥本也罢都只是帮着运尸体的同伙？”

“请等等。您的意思是，杀仁科的另有其人，末永只是将尸体运到了厚木，厚木之后是桥本……”

“是这个意思。不过，在名古屋的末永不可能为了装运尸体去大阪。应该是主犯在大阪杀了仁科，然后将尸体运到了名古屋。大阪、名古屋、厚木、东京——尸体的接力是由三个人来完成的。”

佐山突然发现新堂一脸目瞪口呆的神情，不由自主地苦笑起来。

“我知道这有点太出人意料了，所以没跟别人说过。而且也没有任何证据。大概是我觉得末永实在可疑，硬是把他列为凶手，无意中就胡思乱想起来。”

“不不，不一定是胡思乱想。”新堂注视着佐山，“很有意思，不能轻易放弃这个想法。这样一来，就剩主犯是谁的问题了。”

“不错，必须找到主犯。”

此时，新堂又“嘎巴”一声掰了一下手指。

“康子，会不会是雨宫康子？”

“我也想过。”佐山说。康子死了之后这个问题一直在他脑中盘旋。“但是，我觉得这个任务对一个女人来说实在太困难了，何况人的身体很沉。”

“这倒是。”新堂嘀咕了一句，“说起来康子肚子里孩子的父亲还是个谜。也许那个男人是主犯。”

“很有可能。”

佐山重重点了点头。

“我们来整理一下直树老家的情况吧，准确地说是他母亲娘家的情况。”

“好吧。请稍等一下。”

新堂从西服口袋里掏出笔记本，打开夹着浮签的一页。“直树外公家姓光井，他母亲叫芙美子。芙美子的父亲及其兄弟几个一起经营了一家工厂，叫光井制作所。”

“是做什么的？”

“金属加工。主要客户是 MM 重工在静冈县的车间。”

“哦……”

这里也出现了 MM 重工，佐山直了直身子。

“说是主要客户，实际上几乎都是 MM 重工照顾他们的业务。不过，由于同行之间的竞争过于激烈，经营状况不尽如人意。但有一个时期光井制作所突然重整旗鼓了。”

“不用说得那么戏剧性，不就是光井芙美子嫁到仁科家了吗？”

“说得不错。芙美子是静冈县车间的业务员，当时轮番在各个岗位上实习的仁科敏树对她一见钟情，有点像灰姑娘和水晶鞋的故事。他们结婚后，MM 重工给光井制作所的订单激增。光井一家十分欣喜，对车间进行了扩建。”

“说得有种身临其境的感觉。”

想象着中年男子们欢天喜地的样子，佐山情不自禁地笑了起来。

“不过，两人甜蜜的生活只持续了一年多，芙美子带着直树回了娘家，不久就离婚了。”

“离婚的原因是什么？”

“好像是仁科敏树花心。这太司空见惯了。离婚一事很快就定下来了，但为孩子发生了争执。芙美子说既不要赔偿金也不要抚养费，孩子由她抚养。结果是芙美子如愿以偿获得了孩子的抚养权，而且也得到了一些赔偿金和抚养费。”

“问题不是很圆满解决了吗？”

“事情还没完呢。”

新堂将笔记本翻到下一页，咳了一声。“离婚两年后，光井制作所倒闭了。理由不说也明白，MM 重工的订单没有了。应该是仁科敏树下了命令吧。用于扩大车间生产规模的借款要了工厂的命，这真让人啼笑皆非啊。”

“嗯，小企业的悲哀……”

仁科敏树对离异妻子的娘家进行报复，这样的男人也真够阴险的，佐山想。也许是当时他过于年轻，无法抑制自己的感情吧。

从名古屋到丰桥花了五十分钟时间。丰桥站里有名古屋铁道和日本铁道两家公司的站台，比较大。

两人在车站前叫了辆出租车，对司机说了仁科直树母亲娘家的地址。“是凑町吧，很近。”出租车司机热情地答道。

司机说得不错，仅几分钟时间便抵达了凑町。只要认识路，走过来大概也不算远。佐山和新堂在方便的地方下了车，顺着门牌寻找。

“好像是这儿。”

两人停在木结构住宅前面，新堂看着门牌说。一栋很小的两层楼建筑，越过栅栏可以见到三叠大的庭院。说是庭院，看上去并没人打理，已经长满了杂草。

佐山看了一下门牌，上面写着的姓不是光井。

“直树被收养后去了东京，几年后芙美子的父母也去世了，房子也就卖给了别人。”新堂说。

“也就是说实际上直树没有娘家可以回？”

“可以这么说。不过，光井芙美子妹妹的婆家就在前面，听说最近直树去过几次。”

“嗯，应该是直树的小姨吧。”

“她叫波江，夫家姓山中。”

走了两三分钟路，眼前便出现了“山中制材”的招牌。一栋二层楼建筑，水泥墙上有裂缝，看上去很旧。建筑物旁边有一间小车库，停着一辆有点脏的客货两用车和一辆小吨位货车。那辆小货车看上去很久没人开过。

“这里过去是办公室。附近应该有栋最近新建的房子……”

再向前走了几步，一栋贴着墙砖的崭新建筑物出现在眼前。“山中制材KK”[1]的招牌也在闪闪发光。这里和光井家不同，看上去生意兴旺。

四层楼建筑旁边还有一栋像是最近才建好的住宅，门牌上写着“山中次雄”。

“真气派，有一百坪。不，应该更大。太大了，不好估计。”

新堂不断叹着气，按下了门铃。

山中波江身材瘦高，虽说应该已经年过五旬，但皮肤年轻得看不出有这个年纪。她身着大红对襟毛衣，却一点不显花哨。

她了解了警察的来意后，毫不犹豫地将两人让进了客厅。随后，她让保姆去叫自己的丈夫。

“我姐姐是光井家的牺牲品。”她对警察说，“姐姐并不爱仁科先生，是我父亲和伯父们逼她结婚的。她说在仁科家的日子就像噩梦。也许她的这种心情被仁科先生察觉了，他的心也立刻离开了我姐姐。”

---

① KK 为 Kabushiki kaisha 的简称，意为株式会社。

“很快就离婚了吧？”

说着，佐山伸手取过纸杯，花茶的香气扑鼻而来。

“决定离婚之前，姐姐带着直树回到娘家，她不想被仁科先生夺走孩子。仁科在我姐姐生下男孩的瞬间，就计划着怎么把姐姐一个人赶回光井家。”

“是不是有了继承人他就不要你姐姐了？”

听了佐山的说法，波江露出了淡淡的笑容。

“简直像明治时代。”

“不过，从结果上来说，直树还是由芙美子来抚养吧？”

“是的。那时闹得不可开交。一边是来自仁科家的威胁，一边是自家的亲人都来要求将直树还给仁科家……但姐姐并没有向他们投降。”

接着，她又说：“我姐姐真的很勇敢。”

“但最后的结果是光井制作所陷入了绝境。”

波江垂着眼睛，点了点头。

“那时真的走投无路了。每天都有债主来讨债……那些亲戚一个个都怪罪我姐姐。姐姐从仁科家得到的赔偿金很快就用完了。”

“真残忍。”佐山叹着气说道。

“那以后怎么生活呢？”

“姐姐又开始外出工作了。她终于保住了自己的家，生活上也还算过得去吧。直树的抚养费每月也按时汇到账户上。那个时候我家的事业才刚刚起步，也没能力帮助她。”

波江说到这里时，客厅的门开了，一个胖胖的男人走了进来。应该是波江的丈夫。大概是干了力气活的缘故，这个季节他的额头上仍冒着汗。

他作了自我介绍后，就谈起了直树。

“很老实的孩子，有时太内向了。他经常来我家玩，我家有个比他小两岁的儿子。这里可能是唯一让他觉得能够身心放松的地方。”

不知是不是真嗓音，山中的嗓门非常大。

“不知直树先生是怎么对待仁科家的？”佐山问。

“当然是恨着仁科家。”山中回答，“芙美子姐姐尽管不怎么说，但经常半真半假地对亲戚们撒气，有时也在直树面前抱怨几句。这对直树一定也会有影响。”

直树的童年时代可想而知，腐朽的家族、精疲力竭的母亲……

“也不都是暗淡的事。”波江在一旁补充道，“去了东京的家之后，直树有时也来我家玩。上大学后，还帮我们干活。”

“哦？帮忙干活？”

“帮我们送送货什么的。”山中说，“我们有一辆几乎不用的客货两用车，那都成了直树的私家车了。”

“是吗。我想起来了，”新堂插嘴道，“我们来这里的途中经过一栋老建筑的车库，看见里面有两辆车。”

“就是那辆车。”山中露出了白牙，“之前来我家时他还经常当自己的私家车用。但是……现在真的没用了。”

旁边，他的夫人在强忍着泪水。

第五章　杀人圈套

1

拓也在奇怪的地方遇见中森弓绘，这件事发生在进入十二月后不久的某一天。空气中的寒意与日俱增，各个建筑物内的暖气设备也调高了温度。

所谓奇怪的地方，就是拓也搞研究的实验楼后面的仓库。那里放着已经超过使用年限的机器、中途放弃的研究项目的半成品，都是些等着报废的不值钱的东西。

拓也去那里的目的是想回收一些处理掉的电源。老式的稳压电源应该不会再使用了，倒是可以在一些实验里派上用场，他想。

仓库里有灯光，看来已经有人在这里了。拓也并不介意，径直朝里走。

先到的来客是弓绘。拓也忍住没有出声。

弓绘站在仓库最里面，从拓也站的位置可以看到她的右脸颊。她的目光正停在正前方一堆钢板上。

那是……

拓也见过那堆钢板，是组装车间的机器人——直美。去年发生事故以来，直美就一直躺在这个仓库里休眠。

弓绘两眼凝视着直美，一动不动。

拓也向前跨了一步，脚下发出了哐啷一声，好像踢到了某个零部件。

弓绘猛地转身望向拓也所在的位置，随即露出了惊讶的表情。拓也感觉她倒吸了一口凉气。接着她快步走了起来，打算离开。

“等等！”

耳朵里传来拓也的声音，弓绘停了下来。浑身上下似有电流穿过一般战栗了一下。

拓也走到弓绘面前，弓绘低下了头。

“我有事问你，”拓也说，“你是在调查我吧。你打算干吗？”

弓绘瞥了一眼拓也的脸，又低下头去。她用弱不可闻的声音回答：

“我不知道。”

“你别给我装糊涂！”

拓也厉声说。弓绘又像吓了一跳似的抖动了一下。拓也注视着她低垂的脑袋继续说：

“你向埼玉车间打听我的事，还在资料室看我的报告，这些我都知道。你能解释一下吗？”

弓绘上下唇轻轻抖动。

“我，有急事。”

说着，她便想经过拓也身旁离开。拓也一把抓住了她的手腕。她的手腕又细又软。由于用力太猛，她小巧的身体一下子失去了平衡，差点摔倒。

弓绘“啊”地叫出声来，一个东西掉在了地上。是一个浅褐色文件夹。

弓绘正想要弯腰去捡，拓也拽住她的手腕制止了她。

“请放手，很痛！”

“我来猜一下文件的内容。去年直美事故的材料。怎么样？我猜对了吧？”

弓绘抬起脸来，睁大眼睛，见到拓也紧逼的目光，再次低下了头。

“行了，告诉我你在查什么？你知道些什么？”

拓也再次将弓绘往自己身边拽了一把，抓住她的双肩，将她推到墙边。

弓绘皱着眉头。

“我告诉你，别乱来。”

“你老实说我就放开手。”

拓也用力在弓绘肩膀上捏了一把。她的肩膀似乎很轻易就能捏碎。

“我……我，我和高岛先生——勇二原来准备结婚了。”

“高岛？”

拓也在记忆中搜寻了一下，没有印象。看着拓也的样子，弓绘露出了愤怒的表情。

“你是不记得了吧，你们这种人怎么会记得！高岛勇二……是那个被机器人杀害的工人。”

她用下巴指了指直美。啊，拓也的记忆找到了那个名字。高岛勇二，确实是这个名字。

拓也松开了手指。弓绘从他胳膊下钻出来，捡起掉在地上的文件夹。但她并没有离开，而是面对拓也，充血的双眼开始流泪。

原来如此，她是那个机器人操作员的女友。

“勇二，他是被你们害死的。”她声音颤抖地说，“如果不是这样，我们现在应该过着幸福的生活……”

“你给我等等。我不明白你在说什么。我承认高岛在事故中死了，很可怜,我也很同情你。但那是因为高岛操作失误。不是我们造成的。”

“骗人！勇二不可能出差错。”

“没有骗你，是经过充分调查后的结论。”

拓也再次凝视着弓绘。“你怎么现在突然想要调查？你不会是事故之后一直在调查吧？”

弓绘犹豫着，沉默了片刻。

“是在主任被害后。这是在他办公室发现的。”

说着，她将文件夹递给了拓也。

拓也接过文件夹翻了几页，就是之前在资料室里偷看到的那份。

“这是主任的东西吗？”他问。

“是的。实际上，我早就知道主任在专心调查什么。我感到很不可思议，他对工作一点兴趣都没有，他究竟在干什么？后来我发现了这份文件，我想他一定是在调查那次事故。”

“所以你就想自己来重新调查？”

弓绘点了点头。

“说实话，我已经死心了。虽然对那次事故我还有想不通的地方，但我也没有办法。自从发现了这份文件之后我改变了想法，我想重新开始调查。这也是为了报答主任的好意。”

“好意？”拓也追问了一句，“什么意思？”

“我想，主任一定知道我是勇二的未婚妻，所以在我因为那次不幸的事故变得很消沉的时候，把我调到了现在这个工作比较轻松的岗位上。他对我很好。”

“真是难以置信。”拓也不停地摇头，“那个主任，为什么对这个事故这么关心？他和这个事故应该完全没有关系。”

“不对，是有关系的。”弓绘的语气十分坚决，“所以他被人杀了……

我有这样的感觉。”

“别说蠢话了。”

说着，拓也突然想起了什么，注视着弓绘。弓绘也察觉出了什么，向后退了一小步。

“你，难道你……”拓也低声说，“你调查我，原来是为这个。你是说我害怕主任调查所以杀了他？”

弓绘又向后退了两三步。

“我不是这个意思……但在主任被害前，你和桥本来过主任的办公室。其中的两人已经死了……”

“只有我一个人活着，所以你怀疑是我干的？开什么玩笑！我们三人讨论的事情和那件事一点关系都没有。你把什么都和那次事故联系起来。先不说我，光说桥本，他研究的是面向宇宙开发的最高级别机器人，和事故沾不上半点边儿。”

大概是拓也的口气太严厉，也可能是无法反驳拓也的话，弓绘低着头沉默不语，看上去在不停地流泪，只见她时不时伸手去擦拭。

“也许你和杀人案没有什么关系……”过了一会儿，弓绘小声地说，“但我无法接受勇二的死。我也学习了一点有关机器人的知识。虽说工人经常会出现操作上的失误，但也有可能是程序出了错，书上是这么写的。”

“但程序出错的情况很少见啊。”拓也说，“另外还有噪音引发的事故。由机器人本身的原因引发的事故极少。和机器人相比，人的操作失误所引发的事故概率要大得多。”

弓绘抬起头，眼睛朝上望着。

“勇二经常说，那些白领们把机器人看得比工人重要。对那些人来说，工人才是易耗品。”

拓也苦笑了一下。实际上他也这么想，所以无法反驳。他的表情让弓绘非常生气。

“你疯了，”她说，“你简直疯了！”

“现在明白了吧，”拓也说，“人真的不可救药。”

他发现弓绘欲言又止。想不到，她有着如此倔犟的性格。弓绘靠近拓也，伸出右手。“把文件还给我。”

“不，我先保管着。”

拓也将文件夹夹在腋窝下。

“你……你没有权利这么做！”

“你有吗？你有权私自取出已故上司的资料？”

她咬着嘴唇。

“你有意见的话可以向现在的上司报告，向他去借资料。”

弓绘用愤愤的眼神盯着拓也。可怕的眼神，拓也想。为了一个已经死了的人，她把心血都耗尽又有什么用呢？

“你经常来这里？”

拓也问。他感到自己有点被她的气势压住了。

“很少来，”弓绘说，“心情不好的时候。”

“还是别再来了，毫无意义。”

弓绘没有回答，只是转身说了声“失礼了”，便快步离去。目睹她消失的身影，拓也内心顿时升起一股莫名的安心感。自己究竟怎么了？不应该如此害怕那个小姑娘啊……

不不，眼前更重要的是这个——

拓也翻开文件夹。

2

佐山用双手在脸上搓了几下，手掌立刻油光发亮。他觉得头皮发痒。尽管宽敞的会议室里只放着一个电暖炉，警员们从身体中散发出来的热量却让人感到窒息。

他伸长双臂，叹了一声，但并没人过来关心地问一声“你怎么了”，况且在那里叹气的远不止他一个。

仁科直树和桥本敦司凶杀案，侦查方面可以说没什么进展。几乎没有有效的手段。虽说已经查清是桥本的车运送仁科的尸体，是个很大的收获，但是关键人物桥本死了，无法期待侦查能有飞跃性进展。

雨宫康子的案子也处于同样的状态。甚至连她是自杀还是他杀都没有弄清楚。警方有很多人认为，康子杀了仁科和桥本后，也选择了早已策划好的自杀，但并没有证据可以支持这种观点。也有人认为，康子怀着身孕，而孩子的血型和被杀的两名死者并不相符，因此，康子的死与前两个案子没有关系。对此，也没有人提出异议。

不过，总部掌握了一些康子少女时代有意思的情况。一个在东京工作的人，自称是康子高中时代的同班同学，听说康子的死讯后主动联系了警方。那个人说了一些康子的大学同学不知道的事情，其中还包括康子父母离婚的理由。

“她是个可怜的孩子。”

那人说着，眼泪流了下来。

不过，这些事情对破案没有任何帮助。专案组想了解的不是康子的过去，而是她的现在。

第一起凶杀案发生至今已经过了三个星期，但还是一团乱麻。桥本在厚木接下尸体，但是谁将尸体运到厚木的，调查无从下手。虽说当日身在名古屋的末永拓也嫌疑最大，但找不到关键的车辆，也只能是画饼充饥。假设真的是拓也运送的，他也绝非主犯。

佐山给自己泡茶的同时顺便多泡了一杯。他端着两杯茶走到谷口跟前，谷口正好挂断电话。他将茶杯放在谷口面前。

“啊，不好意思。”

谷口用略显疲惫的声音道了声谢。

“对相关人员车辆的排查没有结果吗？”

佐山问。谷口刚将茶杯端到唇边，手又停了下来，看都没看部下一眼，兀自摇了摇头。

“没结果。”

说着，他喝了一口茶。

“果然。”

佐山也喝了一口。其实谷口并不那么赞同这种做法。

“你还是放弃尸体接力的想法吧。有人用桥本的车将仁科的尸体从大阪运到东京来了，这种看法才更自然吧。”

“我们找到了收费站的发票。”

“那片纸屑？都不知道是什么时候的你还在钻牛角尖？那样很容易遗漏重要的线索。”

“你听说过‘抓住救命稻草’这句话吗？”

“我太清楚这句话了，我们的工作总是处于这种状态。不过，对于这根稻草，我们需要脚踏实地去抓，而你只是在胡思乱想。”

“我的本意是想脚踏实地的。”

佐山正准备离开时，一个警察回来了，一开口便说：

“有线索了。”

他走到谷口跟前。他负责去调查钢笔。

“好像出现脚踏实地的成果了。”

谷口看着佐山笑了一下，随即转向那个警察。“买钢笔的店在什么地方？”

“调布市 ×× 町，离 MM 重工总部很近，大约十多分钟车程。商店名叫菊井文具店。一家很小的店，门面就两个小房间。”

“那么小的店还卖钢笔？”

“当然卖。几乎都是国产货，店主说很少有人买。正是这个缘故，他轻易就记住了偶尔来买钢笔的顾客。这次的凶杀案中 S 公司生产的钢笔成了话题，他想起最近也有人在店里买过这种笔，就查了一下记账单，恰好是在凶杀案发生前不久卖出去的。他犹豫了两三天，还是在女儿的劝告下主动联系了警方。”

这种信息，几天来陆续不断地出现，警察需要一个个去核对。不过，那些信息最终都没有派上用场。不是生产厂家不一致，就是型号不同，有的甚至是铅笔。虽说应该感谢普通市民的热情，但那些已经做好了白跑一趟思想准备的警察，为此四处奔波却也有着说不出的辛苦。

“结果呢？”谷口向前探了探身。

“我也确认了记账单，没错，和凶杀案中使用的钢笔完全一致。售出日期是上个月十二号，也就是发现仁科尸体的第二天，桥本收到小包裹的前一天。”

“买主的穿着打扮和容貌搞清楚了吗？”

“问题就在这里。”那个警察看着笔记本，“不清楚年龄，据说看上去像个土里土气的大叔。”

“土气的大叔？这是什么意思？”

“其实那天在店里守着的是上高一的女儿，店主去吃晚饭了。”

“买主是晚上来的？”

“说是晚上八点左右。这个时间店主正好去吃晚饭。那个女孩说自己不愿面对顾客，所以不记得顾客的容貌。”

“但她还记得是个土里土气的大叔？”

说这话的是佐山。

“是的。她说上身的夹克是大叔大伯们喜欢的款式，戴的金丝边眼镜也很老土。虽说没看见脸，但这些地方还是观察得很清楚。眼睛很尖。”

“夹克的颜色呢？”谷口问。

“她说好像是灰色的，好像是蓝色的，又好像是咖啡色的，不是很清楚，但肯定是暗的中间色。”

那女孩对颜色的记忆看来完全七零八落，人的记忆力实际上也就这种程度。高一的女孩记住了这些东西，如果换成她父亲——那个店主的话，肯定更模糊不清。

“是不是该画一张肖像……她记得脸部轮廓吗？”

“她说脸很普通。”

“普通？”

“女孩说既不胖也不瘦，不是圆脸也不是长脸。

“那就是说，”谷口皱起了眉头，“记不清了。”

“很遗憾。我问她，如果让她再见一次的话能不能想起来，她回答说不可能想起来。”

谷口急躁地抓起了脑勺。

“那个男的只买了钢笔吗？”

“不，还有蓝墨水。”

不知谁的椅子“咔嗒”响了一下。钢笔加上蓝墨水，与凶杀案的作案手段完全一致。

“蓝墨水？”谷口又追问了一句。

“是的，一共两瓶。”

“两瓶？”

佐山说。

3

悟郎刚拿起装着牛奶的杯子，又停了下来。他猛地抬起头，一脸不可思议的表情。

“被他发现了，我待在那个机器人旁边时。而且他好像知道我在调查他的事情。”

弓绘用勺子戳着冰激凌说道。她将今天在公司仓库里遇到末永以及和他的对话都告诉了悟郎。

“你是高岛女朋友的事也对他说了？”

“嗯，什么都说了。我还说‘勇二是被你们杀害的’。可是……”弓绘想起了末永漠然的表情，“可是他完全没有反应。”

“他不认为是他的错吗？”

“是的。他非常自信，真的相信机器人比人优秀。他是疯了。他疯了，却一脸平静。”

“他就是这种人。”

悟郎说，接着问道：“那个文件夹呢？”

“被他拿走了。”

弓绘叹着气，将冰激凌送到嘴里，然后告诉悟郎事情的经过。

“是吗……被他拿走了。”

悟郎看上去好像受了打击，弓绘也一样。

一阵沉默。只有弓绘吃冰激凌和悟郎喝咖啡时发出的声响。

“接下来你想干吗？”

喝完了咖啡后，悟郎问道。

“我也不知道，没有食欲。”

“不是说今天，是说今后。你还继续调查吗？”

“啊，今后的事……”

弓绘望着已经空了的冰激凌盘子。自己还什么都没想过，这些天全身心地在调查勇二的事故。但是，没有了那个文件夹，继续调查就变得很困难了。要早想到这一点，还不如将文件复印一份呢。

不过——

即使继续调查下去又能有什么结果呢？事实上，今天在和末永对话之后她突然感到很空虚。

“是不是放弃呢？”

弓绘低声嘀咕道。

“放弃？放弃调查吗？”

“嗯。有点累了，而且越发觉得自己无能为力。”

“……你已经够努力的了。”

“让你也跟着受罪，帮了我那么多忙。”

“没有。我什么忙都没帮上。”

悟郎自嘲似的笑了起来。弓绘让悟郎帮忙去安全科调查过，那个部门负责公司内部的事故调查以及安保工作。不过，正如悟郎所说，基本没什么收获。

“悟郎，”弓绘开口道，“我和你结婚吧。”

“弓绘……”

“不过，请让我再调整一下心情。”

悟郎有点难为情地注视着弓绘。

“到时我重新向你求婚，你一定要答应我。”

“嗯。”弓绘微笑着点了点头。

“接下去干吗？”悟郎问。

“接下去？”

“指的是今天。不是还有时间吗？”

“是啊。”

弓绘歪着头说。今晚不愿再想那些事。

“我想去喝酒。”她轻声道。

“明白了。”

悟郎抓起账单，顺势站了起来。

4

看不明白——这是拓也翻着白天从中森弓绘那里夺过来的文件时的感想。他躺在床上，凑着台灯看文件。

资料中有安全科写的关于去年发生的机器人事故的调查结果、报纸上的报道、警察的见解、研发二科的报告等。还有造成事故的机器人——直美的使用说明书，以及当时直美正在装配的产品资料。

直树为什么要收集这些材料？

搞不明白。

即使有人对这一事故进行调查，只要不是直树，拓也就不会放在心上。他很清楚，调查的家伙一直都存在。虽然是研发二科的研究成果，但拓也并没有太多地参与直美的设计。直美是一台在性能上并没有过高要求的机器人，只是代替人做一些简单的工作。这种机器人开发，用不着自己出面，拓也想。

拓也之所以介意，是因为他知道了直树在调查此事。

经过对两个案子的整理，拓也已经明白了，直树对他和桥本隐瞒了什么。直树在制订谋杀康子计划的一开始，就有了只有他自己才知道的秘密。也就是说，除了拓也和桥本之外，还有一个帮凶 D。

那么，这个 D 究竟是什么人？直树为什么要隐瞒这个人的存在？

必须找出这个谜一样的人物——D。因为这人手里握着三人在制订谋杀康子计划时的联合署名。

拓也还有一点无法理解，那就是自从发生了钢笔杀人案之后，自己并没有再受到死亡威胁。当然一方面他也在加倍小心，另一方面可能是愚蠢的凶手无法下手。但直树一死，他马上就收到了投了毒的钢笔，那个凶手不是迫不及待地要杀他吗？

或者……

也可能是谜一样的 D 以为桥本和拓也知道他是谁，所以想杀了两人，之后又认为拓也并不知道真相，所以觉得没有必要杀他。

有这种可能，拓也想。那么，D 为什么杀了直树？

秘密不正隐藏其中吗？想到这里，拓也的目光再次回到文件夹上。

“真是太可疑了。”

拓也看完了从事故发生到解决问题的整个过程之后，不由自主地嘟囔起来。每个步骤都经过了必需的调查，报告也写得中规中矩，但破绽百出。研发二科不承认是自己的失误姑且算在情理之中，但理应对事故进行严厉追查的安全科，却也十分轻描淡写。从客观上说，文件中很多地方显然独断地将责任推到了操作人员身上。在记录操作程序一项中，安全科用非常强烈的语气强调操作程序不完善，但在记录机器人的性能和规格时，却显得特别随意。

拓也记得在那次事故发生后大家写过很多材料，科长拿着那些材料去参加紧急会议的情形至今历历在目。当时大家怀着不安等待结果。事故最后有了结论，这把火没有烧到研发二科头上。

一定是仁科敏树暗中使力了，拓也确信。在事情变得复杂之前，他肯定做了各种手脚。

仁科直树之所以要调查这件事，是不是要和可恨的父亲对抗呢？

不管怎么说，就由自己来调查一下吧，拓也想。随后，他苦笑了起来。自己压根儿都没想过跟在别人的屁股后面调查这一事故。

拓也合上文件夹，按下台灯的开关。

漆黑的夜色中，他脑子里突然浮现出中森弓绘哭泣的脸。

第二天，拓也一早便去了安全科，他要见负责事故调查的职员。事故调查员姓马场，长相平庸，听了拓也的来意后，很露骨地露出一脸怀疑的神情。

“现在还来问这个干吗？”

马场坐在办公桌后面，像从头顶检查到脚尖似的打量着拓也。

“我想调查一些事。有当时的资料和数据吗？”

“当然保存着，那是规矩。”

他打量完拓也之后，两眼望着完全相反的方向回答。

“能让我看一下吗？”

马场沉默不语，一脸不情愿地从椅子上起身。他从靠墙的铁皮文件柜里抽出一个厚厚的文件夹，像故意找茬似的在拓也跟前“呼”地吹了口气。灰尘扬了起来，有些落在了拓也脸上。

“请看。”马场说。

拓也说着“谢谢”，接过文件夹，迅速翻了几下。但是，他立刻失望了。里面的文件和直树的文件没有多大区别。

“有意见吗？”

一直盯着拓也的马场问道。他不是问“有不清楚的吗”而是“有意见吗”，拓也觉得他的话颇有意思。

“有点疑问，”拓也将文件递到马场跟前，“我认为调查时间有些短，你觉得呢？”

报告上写着调查时间大约为两周，但对死亡事故来说，一般要花一个月左右的时间。

“我不觉得。”马场说，“只要原因和问题搞清楚就行了。干活速度肯定是越快越好。”

“你不觉得特别仓促吗？”

“那当然，我们老是被催促着快点快点。如果慢了倒也没话可说，可快了还要被你指责，真让人受不了。”

“我没有指责你的意思。”

“你，不是机器人开发科的人吗？”

马场看了一眼拓也胸口戴着的徽章，上面写着所属部门和姓名。“那你对这个问题还是不要多嘴多舌的好，已经定性了，是操作人员失误。”

拓也俯视着一开始就没有正视过自己的马场的脸。马场一脸厌烦地看着旁边。

“明白了。打扰了。”

拓也还了文件夹，走出办公室。他关上门，心想，自己和星子结婚、掌握了实权后，首先就要把马场发配到外地去坐冷板凳。这种脑子不灵、嘴上又不饶人的家伙真是欠揍。

暂且不去想那家伙，看来这事没办法调查。

从马场的态度来判断，公司对那次事故也许已经下了封口令。如果真是那样，还必须低调一点，谨慎行事，拓也想。

拓也出了安全科所在的大楼之后向公司主楼走去。他看见一个男人从玄关迎面走了出来。最近这段时间经常见到这个人。他来过自己的家几次，姓佐山。看来又是来调查情况的。可能没什么收获，一脸凝重的神情。

拓也快步走上前去，招呼了一声“佐山警官”。佐山马上认出了他，礼貌地鞠了躬。

“您这是要回去吗？”拓也问。

“是，今天没什么重要的事情。”

“我请你喝杯咖啡怎么样，只不过是自动售货机里不太好喝的咖啡而已？”

“行啊。”佐山稍微考虑了一下答道，“只一会儿。”

拓也将佐山带到离主楼正门不远的公司内部候车室。候车室是个只有四叠大小的房间，在公司大巴发车的时间外，没人会来这里。

“今天光临鄙公司有何贵干？”

拓也问道。他在候车室外的自动售货机上买了两杯咖啡，将其中一杯递给佐山。

“不好意思。今天来真的没什么大事。只是见了一下最后和雨宫康子一起去看音乐剧的女士。了解一下当时的情况。”

“是这样啊，情况怎么样？”

“不太清楚。”

佐山露出了为难的表情，歪了一下脑袋，随即做出一副很好喝的模样，喝了一口并不好喝的咖啡。“那位女士说雨宫康子看上去不像要自杀，很开心。不过，人在自杀前说不定会是那样。”

佐山再次将纸杯送到嘴边。看着他的侧脸，拓也猜度着他真实的用意。

这个稳重的警察绝不会轻易相信那是自杀。

“那孩子的事情怎么样了？搞清楚孩子的父亲是谁了吗？”

与其说想要探听警方的行动，不如说实际上拓也对这件事心存疑虑。

佐山不好意思地拍了拍后脑勺。

“也还没搞清楚，这种事情很难办啊。”

“是啊，”拓也说，“说不定那个女的很随便。”

“是的，你说得不错。”佐山说，“你不要往外传，其实她学生时代就堕过两次胎。我见了当时的医生。医生说还吓唬过她，下次再堕胎的话可能就无法怀孕了。大概就是这个缘故，这次她不想堕胎了，我是这么推测的。”

“哦……”

原来是这样，拓也想。

“当然，也不只是她一个人这样。”佐山说，“现在很多女孩子都很随便，我是理解不了。男人招架不住她们啊。”

“父母一定很担心。”

“说得是。”

说着，佐山点了点头。“不过，也很值得同情。”他像想起什么似的说道。

“同情？”

“是啊。就拿雨宫康子来说，据说她当高中老师的父亲和毕业生搞婚外恋，而且对方怀上了孩子。那女的还把孩子生下来了。这种事情一旦传开就不好办了，肯定要被学校开除。所以她父亲只好认了孩子，付给对方抚养费。这可不是一笔小数目。对方威胁说要公开此事，只好另外又多付了钱给她。这样一来，家里被搅得乱七八糟，她母亲离家出走了。雨宫小姐想必也对自己的家厌倦了吧，来了东京后一次也没回去过。”

佐山说完后，拓也一时说不出话来。他完全没有想到康子有着这样的过去。

“这件事是她父亲告诉您的吗？”

拓也问。佐山摆了摆手。

“雨宫小姐有个高中同学在东京，我是从那个人那里听说的。雨宫小姐好像从来没跟人说起过。”

真是长辈的罪孽，拓也郁闷地心想。长辈的罪孽总是反过来影响自己的孩子。

“那……好。”佐山将空了的纸杯捏瘪后，扔进垃圾箱，“我要走了。谢谢你的咖啡。”

“破案工作，请加油干！”

“好的，我会尽力的。”

说着，佐山站了起来。忽然他像想起什么似的回过身来望着拓也。“说起来那天失礼了。为了确认不在场证据被我纠缠了老半天，让你不快了吧？”

“倒也不是什么愉快的事情。”拓也回答，“那个案子调查清楚了吗？”

“没有，完全没有。”

“不过，”佐山继续道，“我有了个新的想法。仁科直树被害案中，我觉得可能有同犯。”

“哦，”拓也的语气中充满了钦佩，“也就是说凶手有两人？”

“说不准啊。”佐山注视着拓也的脸，“凶手不是一两个人，说不定是三个人。这是我的新发现。怎么样，有意思吧？”

拓也瞬间吃了一惊，但他立刻意识到，佐山一定在观察他的反应。虽然不知佐山怎么注意到凶手可能有同伙，但应该是没什么根据的试探。

“这太有意思了。下次一定要听你详细地谈谈。”

拓也心里想着“才不会上你的当”，嘴上却很平静地说道。要做得面不改色，这点并不难。

“好的，下次一定。”

佐山也不动声色地说，然后消失在拓也眼前。

5

离开 MM 重工后，佐山给专案组打了个电话。他简短地汇报了和那个陪康子一起去看音乐剧的女职员的谈话内容。虽说这可以成为质疑自杀这种说法的材料，但也谈不上是决定性证词，谷口想。佐山也有同感。

“你现在去和新堂会合，他正在去池袋的路上。”

“池袋？发生什么事了？”

“仁科直树的大学同学在池袋工作。在直树房间里找到的日程安排表上，发现他被害之前和那个同学在一起。”

“池袋的什么地方？”

“那个人的工作地点是阳光大厦。我现在告诉新堂你去和他会合。在哪里见合适？”

“东急 HANDS 百货公司门口吧。”佐山考虑了一下后回答。他想起了老婆让他买个花盆。

佐山抵达时，新堂已经拿着东急 HANDS 百货公司的纸袋站在门口了。佐山上前招呼，这个年轻警察露出了有些疲惫的笑容。

“你买什么了？”佐山指了指纸袋。

“铰链。我家大衣橱的门坏了。”

“买个新的呗。”

“哪来那个闲钱，工资那么低。”

“单身贵族叫什么苦。我也要买样东西。花盆在几楼？”

说着，佐山准备往里走。

“没时间了，走的时候再买吧。”

新堂抓住了佐山的手。

与仁科直树的同学约好的地点是阳光大厦地下的咖啡馆。两人找了个最里面的位置坐下后注视着入口。

“今天早上太倒霉了。”新堂用手巾擦了擦脸后说，“别的文具店也有人打电话给荻窪警局，说有个男人在案发当天去那里买过相同型号的钢笔。正好大家都在忙，我又凑巧在那里，就派我去了。”

“是有点倒霉。”

“运气太差。那个戴金丝边眼镜的男人去买钢笔的文具店肯定是真的。”

“结果呢？”

“倒真的不是乱说。那个男人去文具店是寄出邮包当天早晨八点左右。钢笔的型号也完全相同。只是，他没有买蓝墨水。还有地点……”

“八王子的学生街。”

佐山“扑哧”笑了出来。学生街的文具店，恐怕买钢笔的人不会少。

“说是什么样的顾客？”

“一个戴着头盔的男子。那一带有很多骑摩托车上学的学生。”

“嗯……”

听说戴着头盔，佐山的笑容消失了。难道不是故意遮住脸吗？不过，说是没买蓝墨水。

这时有个男人进了咖啡馆。他身着灰色西服，脸长得有点异国情调。两只眼睛环顾着四周，应该是直树的同学。新堂站起来招呼，果然不错。

那人说自己叫金井隆司，工作所在的通产省直辖能源研究所就在这幢大楼里。

“仁科是个老实人，也没有什么朋友。但他不是个胆小的人。他想要干什么事，就会毫不犹豫地去干，也不会跟人商量。他就是这种性格。”

这是金井对直树的评价。两人在大学里是同系的同学，研究室也靠在一起，关系不错。

“听说你们最近还经常见面？”新堂问。

“见过。他很忙，也不是经常。和他交往最频繁的时间是接下去的季节。”

“接下去的季节？”

“是的。我们经常去滑雪。我对滑雪挺有自信的，他滑得也不错。

这项运动，如果彼此水平相差太大，一起去了也不好玩。其实，我们还说好了今年年底一起去北海道。对了，最后一次见到他的时候还说了这件事。”

说到这里，金井流露出遗憾的表情。他大概想起了与朋友在一起的快乐时光吧。

“听说你俩最后一次见面是在他去世前的星期六？”

新堂确认道。

“不错。我们想要商讨一下具体日程。”

“那次见面只谈了滑雪的事情吗？”

“当然也聊了些别的。不过，见面是为了商量滑雪的事。”

“滑雪日程是怎么安排的？”佐山问。

“他的时间不是很明确，所以我们决定等他有了明确的时间再说。到底是开发企划室的主任，好像很忙。”

金井似乎并没有从直树那里听说他在公司里所处的地位。事实上，他并没有忙到连去滑雪的日程都安排不了。

“还有，我想起来了。”金井好像忽然想起什么似的开口道，“仁科在大阪住的是大阪绿色酒店吧？其实，他被害那晚我给那个酒店打过电话。”

“电话？”

新堂和佐山同时叫了起来。咖啡馆的服务员吃惊地看了他们一眼。

“几点？”新堂问。

“应该是……”金井眼睛往上翻了一下，“十点左右。我打电话给他，是因为他说过那天他可以明确后面的日程。原本应该他打给我，但他说如果他忘了就让我打给他，他还问了酒店的电话号码。那天他果然没来电话，我就打给他了。他还说十点应该已经回酒店了。但是我打过去后，前台说他还没回来。我想他一定很忙吧，就没有再打。”

很值得推敲，佐山想。如果只是为了商讨滑雪日程，从大阪回东京后也完全不晚。真的有那么急吗？他问金井。

“想要早点决定日程确实是事实，”金井说，“因为要事先预订宾馆什么的。不过，也不是非哪一天不可。早点能定下来那是最好了。”

“原来如此。”

还是无法释然，但对金井也没有太多问题可问了。

随后，新堂问金井对直树被害一事的看法。金井重重吸了口气，有些难过地皱着眉头说：

“他确实有些地方比较扭曲，也可能正是这些给自己惹祸了。这样想的话更觉得他可怜。他的扭曲也不是他自己造成的。”

和金井道别后，两人又回到东急 HANDS 百货公司。佐山没有忘记买花盆的事，但是他的脑子里时不时地想起金井的话。

“这个不好吗？”

新堂拿起一个和人脑袋差不多大小的花盆说。他正帮着挑选。但佐山只是“哦”、“嗯”模棱两可地应着，他苦笑着放下花盆。

“你在想那个电话的事吗？”新堂问。

“嗯，很可疑。恰巧定在那天通电话，太可疑了。”

“如果我不打电话的话你给我打过来……听上去好像他知道自己有危险。”

佐山闻言，不由自主地注视着新堂的脸。新堂的话让他一下子茅塞顿开。原来如此。虽然谈不上是什么预感……

“可是……”

有种说不清楚的感觉在心中油然而生。就像学生时代考试时经常体会到的——好像有答案了又好像不对。

“也许,我说的是也许。如果直树知道那天晚上要发生什么事的话,会是什么结果？”

“他怎么可能知道。要知道的话不就跑了吗？”

“不一定。也许是直树决定要见凶手,又担心会被凶手杀害……不,不对。如果只是那样，就无法解释他让金井打电话的事情。让金井给他打电话有什么好处？”

佐山两眼盯着花盆，其实什么都没看在眼里。他心情焦虑，头脑发热。

“佐山警官,”新堂说，“我能说个奇怪的想法吗？”

“可以。我就经常有古怪的念头。”

“直树让金井给他打电话，是不是想制造不在场证据？”

佐山手里的花盆差点掉在地上，他急忙将它抱在怀里。

“你说什么？”他追问了一句。

“不在场证据。那个时间打电话的话，之后就能变成不在场证据。”

“直树为什么要这么做？被杀的人是他……”

佐山说着，心跳却在剧烈加快。他又一次看向新堂。

“当然，也有可能是他想杀了凶手。”

“结果却相反。”

佐山点了点头。他的眼神定在空中。自己正在接近真相，他想。

“回局里。”

“不买花盆了？”

“可以用脸盆。”

出了百货公司，两人赶往池袋车站。和往常一样，人行道上人流涌动。他们在人流的缝隙中穿行。佐山开口道：

“我们来假设一下直树制订了这个杀人计划。直树的同伙帮他运送尸体。他们本应运送凶手的尸体，但事态发生了一百八十度逆转。但他们为什么还是按预订计划运送了尸体？”

“对同伙来说事态并没有发生逆转啊，他们一开始就打算杀了直树。不同的只是运送的东西。所以接力运送计划照常进行。”

“不错，的确是接力运送。”直树掉进了自己为对手设计的陷阱里。“如果制订接力运送尸体计划的人是直树，运送尸体的车就有可能和他有关。”

“那当然。已经查过直树本人的车，所以，还要查一下有没有除此之外的车。”

听到这句话的瞬间，佐山的脑海里闪现出了一个场景——在丰桥见到的场景。他忽然停下脚步，站在路中央，一动不动。

“怎么了？”新堂担心地问。

“就是那辆车，那辆客货两用车。”

“客货两用车？”

“在山中制材看到的那辆车。不是说直树将那辆车当作自己的私家车吗？”

“啊！”新堂叫了起来。

“我们不能在这里闲逛了。”佐山说。

“也不能站着不动呀。”

“给局里打电话，快！”

佐山话音刚落，新堂便向电话亭飞奔而去。他撞上了正在发广告传单的男青年，白色的传单在风中飞了起来。

6

十二月的第一个星期六。中午刚过，拓也抵达了仁科公馆。星子让他陪自己购物。通常都是去星子指定的地点等星子驾着保时捷现身，但今天星子让拓也来家里接自己。

拓也按下门铃、自报家门后，有人开门让他进去。看着两侧的针叶树，他向玄关走去。快到房子跟前时，星子的脑袋从窗户中探了出来。

“我刚开始换衣服，你在下面喝点东西等着。”

拓也正准备拉开玄关门时，发现旁边有人正在靠近。他转过脸去，宗方手持网球拍走了过来。仁科公馆东侧有一个简易网球场。

“欢迎英勇的骑士登场。”宗方用食指推了一下金丝边眼镜，“愿意被人呼来唤去悉听尊便，不过需要适时打住。贤弟的手腕无懈可击，但过于掉以轻心。驯服烈马，只需要胡萝卜和鞭子。”

“是经验之谈吗？”

“岂敢，所幸沙织还算不上烈马。所以，我很同情你。一起喝杯茶？”

“好啊。”

进了房间，两人在正对露台的起居室里面对面坐下。看来宗方已经融入这个家庭了，拓也想。尽管不是入赘，但似乎他在这里已经住了很长时间。他指示女佣泡红茶，甚至连家里有什么种类的茶叶都非常清楚。

“嫂夫人不在吗？”拓也问。

“出去了。三点午茶的时间会回来。”

“休息日一直在这里吗？”

“差不多吧。兼顾讨好老岳父。”说着，宗方目光锐利地望着拓也，“你也不能忘记这一点。不错，现在你还是专务的宠儿。可你一旦违背了他的意愿，就有你好看的。”

“我从来没有违背过他。”

拓也说话时红茶端上来了。皇室哥本哈根名瓷茶杯散发出热腾腾的香味。

等女佣走出房间后，拓也继续说道：

“你有什么不满？”

宗方拿起茶杯，很享受地喝了一小口。

“直美事件。”他低声说，“听说你在做些很无聊的调查？”

“是那件事啊。”拓也说，声音有些沙哑。除了安全科，他还去工程设计科、保全科调查过。

“你怎么知道的？”

“专务告诉我的，并让我提醒你。我警告你，还是不要管闲事。我只警告一次，没有下次。”

宗方观察着拓也的眼神。拓也感到对面坐着的不是宗方，而是仁科敏树通过宗方的眼睛在注视自己。

“不明白。”拓也说，“为什么不能调查那次事故？我相信那次事故只是操作人员的失误。正因为这样，我才对那种处理方式有意见。从各方面的报告来看，显然是在打马虎眼。我有着机器人工程师的强烈自尊心，所以无法忍受这种不负责任的糊弄。”

拓也意在巧妙地强调自己不是反对仁科敏树，而且也不是随意说说的。

宗方嘲笑似的“哼”了一声。

“机器人工程师的自尊心？”他重复了一句拓也的话，“过于空洞的词。”

“为什么？你不也是机器人工程师？”

宗方听着，目光转向露台外的植物。

“没办法，”他低声道，“看来还是得告诉你。”

“什么？”

拓也问。宗方再次将脸转向拓也，两条腿交叉在一起。

“那次事故，不是操作人员的失误。具体情况到现在都没搞清楚，问题好像出自直美。”

“怎么可能！”

“当然，并没有确切的证据。但要等找到证据的话就晚了，所以要尽早做好各部门的工作。那时，我也被派去游说各部门。”

宗方冷笑着说。

“为什么怀疑是直美的问题？”拓也问。

“事故发生后不久就来了个麻烦的证人。是一个和死了的工人交替上白班和夜班负责巡查机器的男人。他说，在他当班时也出现过同样的问题。当时直美出了点小故障，关掉机器检查时，它突然启动了。幸好他跑得快，不然也会被压死。就发生在那次死人事故的十二个小时前。”

“难以置信。”拓也摇了摇头，“为什么不公开那人的证词？”

“是因为运气好。”宗方神情严肃地说，“如果那人向安全科报告，就是专务也阻止不了。所幸的是，他向开发企划室的主任报告了。”

“向主任报告？”

他为什么向主任报告？

“那个机器人车间，是开发企划室最近业务开展得最红火的地方，直树经常去那里看看，和那里的工人好像很熟。那个人不知道这么重要的事该向谁汇报，就找最熟悉的人商量了。”

“也就是说主任很清楚事故的真相？”

如果是那样，事情就对不起来了，拓也想。

“不错，”宗方很肯定地回答，“直树也向专务请示了。情况非常紧急啊。对专务来说，机器人车间出了那样的事故对自己极为不利。因为开发机器人是他大力推进的项目，而且，那个全部由机器人作业的车间也是他业绩的象征。想今后坐上社长的位置一统天下的话，就不能允许留下这些污点。”

“所以就隐瞒了事实？”

“我也跟着受罪了啊。”宗方说，“首先是要封住证人的口。对那个工人来说，他发现了机器人的故障却没有及时报告，所以只能乖乖按我的指示行事。为防万一，我给他调换了岗位。接着就是做各部门的工作。如果是员工的失误，警察也就不会认真调查。我已经说过好几次，不希望以后再做那些累人的事。”

宗方完全沉浸在对那些苦差的回忆中。没准他想到自己所起的作用，心里还充满了说不出的满足感呢，拓也想。

“经过就是这样。”宗方稍稍放低了嗓门，“不做无益的事，也是用于防身的良策，哪怕是为了工程师的自尊心。”

拓也沉默着，找不到回应宗方的词。不知宗方是怎么理解自己的反应的，他点了点头。

“把你的自尊心用在接下去的研究上吧，我烦透了那次事故。”

“我设计的机器人无懈可击。”

“都是一堆钢铁。叫什么名字来着，你在研究报告会上发表的……”

“布鲁特斯。”

“不错。它也一样，没有脑子。”

“不需要脑子。”

拓也说这话的时候，走廊里传来了星子的声音。宗方的脸色一下子变得和蔼可亲起来。

这天，拓也跟着星子去的第一个地方是银座的画廊。星子说要为自己的房间买一幅装饰画。她好像要对那间直树住过的房间进行彻底改装，据说已经换了壁纸。

“最好是没人看得懂的画。”

当拓也问喜欢什么样的画时，星子回答。

“最好是别人见到画的时候不会说，这是什么什么画，很漂亮。大家都想尽量避免谈论的画是最理想的。”

星子边环视着画廊边这样解释道。

“这样一来，去你房间的人不是很遭罪吗？少了个话题，还得装作没有看到画。”

拓也跟在星子身后，不经意地看着墙上挂着的画。他对绘画不感兴趣，看着这些东西不知有什么好高兴的，他想。

“这就是我的目的，我要用这种方式给别人压力。这样一来，无论在什么事情上我都能掌握主动权。”

拓也望着鼓起鼻子的星子说：

“原来如此。”

拓也深感佩服。真的佩服得五体投地，这个女人不愧为仁科敏树的女儿。

犹豫了大半天后，星子终于买下了和拓也家窗户外框差不多大小的巨大图画。这的确是一幅没人能明白的画。首先，整幅画分成茶色、白色、红色和绿色四个板块，各个板块中画满了既不是生物又不是非生物的东西。各板块似乎有着略微不同的特征，但它究竟想表达什么意思，至少拓也不明白。也不知画的是什么，如果有人说那是细胞质内线粒体大转移，自己也许会同意，他想。

“究竟画的是什么？”

拓也实在忍不住，问星子。

“谁知道啊。”星子很干脆地回答。

离开画廊后，两人去了星子喜爱的女装店，折腾了两小时，买下一件皮大衣。令拓也意外的是，在那两个小时里，星子没有和他商量过一次。连一句“这件是不是合适”的话都没有。所以，拓也几乎一直一言不发地坐在女装店一角的沙发上。

坐在沙发上的拓也，满脑子想的不是星子的事，而是刚才宗方对他说的话。

那次事故不是工人的操作失误。

他还说有证人。

尽管这件事很蹊跷，但最不可思议的就是直树知道事故的真相。既然他知道真相，为什么还要重新调查这件事呢？

无法理解，拓也想。不知道直树究竟想干什么。对了，刚才的谈话中，还有一件事不能释怀，究竟是什么事？

拓也这么想着，两个小时过去了。

出了女装店，两人在附近的法国餐厅吃了饭。这家餐厅也是星子经常光顾的，吃到一半时，大厨师还特意出来打招呼。那是个身材肥胖的男人，典型的厨师模样。他对星子说了半天客套话后也对拓也行了个礼。

“这位是小姐的……”

他用意味深长的目光注视着星子。星子对他笑了笑。

“偶尔带出来也不错吧？”

她回答。她还是第一次这样介绍拓也。

星子边使着刀叉，边数落着美国留学时吃的那些数不尽的烂食物。也许不好的东西在她的脑子里留下了过于深刻的印象，她似乎有说不完的话，一直说到甜点端上来为止。拓也告诫自己不能插嘴，如果不加小心，她话说到一半突然生起气来也未尝不可能。

“那个凶杀案怎么样了？”吃完饭后她突然问拓也，“好像根本找不到凶手。”

“好像是……破案好像遇到了难题。”

“不知是在哪里搁浅了。”

“应该有很多地方吧。主任的很多举动都有疑点。”

这不是警察的见解，纯属拓也个人的观点，拓也不由自主地说出了口。

“疑点？他哪有那种智慧。”星子尖声说道，“那人只想弄垮仁科家族，没有别的，根本就是个没脑子的人。”

“你还是那么严厉啊。”

拓也苦笑了一下。就在这当口，他忽然想到，事故的证人去找直树商量，直树为什么立刻向敏树汇报了？按星子的说法，他无论何事都要和仁科家族对着干，所以采取其他方式才是自然的呀。

刚才一直无法释怀的事原来是这个，拓也想。

“怎么了你，突然沉默不语？”

拓也回过神来时发现星子在瞪自己。

“没、没什么……我们走吧？”

“你不说也要走。我要去‘华屋’，看一下耳环。”

星子说着站了起来，快步向门口走去。

“华屋”就在银座的大街上，是一家有名的珠宝店。虽然也卖西服和包，但最主要的商品是从各国名牌店搜集来的名牌珠宝。

星子一进店门，径直走到里面和一个看上去像是店长摸样的人说话。在拓也看来，与其说是奢侈，不如说是愚蠢。为了这种无聊的东西花几百万日元，究竟有什么好开心的，他想。

星子一如既往地独自挑选耳环，这反而让拓也觉得很轻松。

和在画廊看画时一样，他扫了一遍陈列柜。比起绘画，他对珠宝还稍微有点兴趣，是因为那些价格。一小块石头要一千万，简直疯了。

啊？拓也的目光停在一枚胸针上，他见过。金色花瓣中央是钻石，和在康子的房间里见到的一模一样。

他看了下价格，八十七万日元。

在这家店里并不算贵，但也不是普通的公司女白领轻易出得了手的。

“你看什么发呆？”

星子突然开口问道，拓也吓了一跳。她顺着拓也的视线往那个玻璃柜看了一眼。“尚美的胸针，这有什么奇怪的？”

“没什么。它叫尚美吗？”

“是啊。拿破仑喜欢的珠宝店，是法国历史最悠久的店。我不喜欢。”说着，她轻轻敲了几下玻璃柜，“我倒想起来了，爸爸今年去法国时说去了尚美珠宝店，还买了一条没品位的领带回来。”

“专务去过？”拓也的声音大了起来，“是真的吗？”

“真的呀。怎么了？我们走吧。这家店已经不行了，没好东西。”

星子开车送拓也回他的住处。吃饭的时候喝了红酒不能开车，但星子似乎毫不在乎。

“今天谢谢啦，很开心。”

手握方向盘的星子说。拓也有点吃惊地看了一下星子的侧脸。她这样对自己说道谢的话还是第一次。

到了住处，拓也先道了声谢后，说了声“晚安”。

“晚安。啊，等等。”

星子制止了正要打开车门的拓也，将右手绕到他的脖子上，毫不犹豫地将嘴唇贴了上去。她的嘴唇很柔软，但感觉上丝毫没有女性魅力。

“这是对你今天的奖励。”

星子收回嘴唇，笑着说。做作的神态中夹杂着一丝害羞的表情。这是迄今为止最好的表情，拓也想。

“晚安。”拓也说。

“嗯，晚安。”

拓也下了车。“对了，等等，”他转过身来，“专务的血型是什么？”

“血型？”

星子皱了下眉。“干吗打听这个？”

“有点事……知道吗？”

“知道啊。是 AB 型啊。”

“AB 型……”

“下次接吻后再问这种问题我要生气了。”

星子说着，猛一加速，保时捷飞奔起来。

进了房间，关上门。

拓也顿时大笑起来。一种无法抑制的可笑的情绪涌上了他的心头。

怎么回事，他想。康子和仁科敏树也搞上了。孩子的父亲是那个老头！

“终于明白了，康子。你为什么不打掉孩子。”

总算能说通了，他想。孩子可能是敏树的。如果真是那样，康子就能拿到一大笔抚养费。幸运的话，嫁到仁科家也不是天方夜谭。

拓也想起那天佐山说的话。康子的父亲一直在为婚外恋的对象支付抚养费，并因此毁了自己的家。康子一定怀恨在心，她要扮演和父亲相反的角色来进行报复。

“赌博。真的是一场赌博。”

不过，拓也立刻转变了念头。这真的是一场赌博吗？敏树是AB型，康子是O型。也就是说，如果生下A型或B型血的孩子，就能指认敏树是孩子的父亲。如果是O型血的话，就能逼迫自己就范。结果孩子的血型是B型。

拓也又笑了起来。太荒唐了，他想。桥本和直树都是A型，康子一开始就不看好这两人。

死得太不值——想到这里，想笑的念头又涌上心头。

但是……

直树不知道敏树和康子的事情吗？就像自己从胸针上觉察到的那样，他一定也知道了他俩的关系。

如果真是那样，事情就不同了。直树难道不是怕仁科家族又诞生一个继承人？他的野心是要将仁科家族的财产据为己有，并亲自毁掉仁科家的产业。

还有一点。直树仇恨敏树。因一个女人而与这个男人联系在一起，这对他来说是最无法忍受的吧。

“原来有那么错综复杂的关系啊……”

拓也躺到了床上，望着天花板自言自语道。不过，这次没有想笑的感觉。

7

敲门。停了一拍之后，听到了“请进”的声音。这已经成了习惯。

宗方慢慢地推开门。敏树正坐在办公桌前看书。他抬起头，取下老花镜。

“了解清楚了？”敏树问。声音很低，但很震耳。

“搞清楚了。”宗方回答。

“是什么血型？”

“B 型。”

“B？确定？”

“从认识的记者那里打听到的，不会错。”

敏树靠在椅子上，闭着眼睛，沉默不语。宗方站在那里，等着敏树发话。

“也就是说，”敏树闭着眼睛说，“是我孩子的可能性很大。”

“准确地说，是……您的孩子。”

宗方说，语气没有起伏。敏树睁开眼睛，用可怕的眼神看着眼前的女婿。

“不错，是那样。”他克制着情绪说，“这次的凶杀案，杀了我两个孩子。”

“您是打算认下吗？”

“如果是男孩的话。”敏树说，“即使是女孩，我也打算尽力。所以我对康子交代过，怀上孩子后马上告诉我。”

“她自己也不确定是不是您的孩子吧。她可能想先生下来，确认了血型之后再告诉您。”

“如果和我的血型不符她怎么办？”

“如果发生了这种事，她会向孩子的亲生父亲提要求的。所以对她来说这像一场赌博。”

“不错。不过，像这种打算赌一场的女人不会自己选择去死。”

“是的。”

“果然她和几个案子有关啊。”

敏树说的“果然”是有理由的。敏树亲口听康子说过直树被害当天她被直树叫到大阪去的事情。因为那天她请假了，后来在敏树的追问下她才说了出来。不过，她强调自己和凶杀案没有任何关系，因为她一直等在那个直树叫她去的咖啡馆里。

为此，宗方特意去大阪进行了确认。他问了新大阪车站地下名叫“玻璃”的咖啡馆，店员说那天确实来过一个那样的女顾客。

按康子的说法，直树当天是要和她谈她与敏树的事，也就是说直树发现了他们的关系。

“康子周围的人应该不知道我吧。”

“目前还没问题。不过，有件事比较麻烦，就是那枚尚美的胸针。送礼物的话还是现金比较好。”

“那个啊。”敏树露出一脸疲惫，“已经没办法了。先继续收集信息吧。不过，不要让别人知道是我。”

“明白了。”

“还有，那次事故的事，已经提醒末永了吗？”

“提醒了，他也接受了。”

“那好。他是个聪明人，但脑子要往坏处使的话就很不好对付。”

说着，敏树摆了一下手，示意可以出去了。

8

谷口抽着烟，白色的烟雾袅袅地飘向已经被熏黑了的天花板。大家人手一支烟，会议室里的空气变得十分混浊。

凝重的沉默和异样的热气笼罩着会议室，但没人离开。“咚、咚”，不知谁的手指敲打着桌面。

“嘎吱”一声，会议室的门打开了，大家的视线一下子集中到门口。进来的是去完洗手间回来的年轻警察。有人叹了口气。年轻警察露出一脸抱歉的神情回到自己的座位上。

佐山坐在谷口的斜对面，眼睛盯着自己的指甲。指甲已经不知不觉长长了。之前是什么时候剪的？他想。

走廊里传来了脚步声。很快的脚步。来了，佐山想。

门被猛地推开，新堂走了进来。他目不斜视地径直向谷口走去，将手里的资料放在谷口的桌上。

“发现蓝色羊毛纤维，还有五根头发，都和从仁科直树身上发现的一致。”

“太好了！”有人欢呼道。

丰桥山中制材的客货两用车的鉴定结果出来了，新堂的话证明佐山的推理完全正确。

谷口看着报告狠狠点了点头，随后眼睛往上翻，望着佐山，露出了笑容。

“我很开心啊。歪打正着，心情极爽。”

有人将黑板拿了过来，谷口站在黑板前。他从左侧写起：大阪、丰桥、东京，每个地点之间都有一定的间隔。他边整理边说明迄今为止已经调查清楚的事情。随后，他在大阪的下面写上“仁科”，在东京下面写上“桥本”。

“现在我们可以想到的是，仁科和他的同伙密谋杀人。他们准备了客货两用车，制造了很不自然的不在场证据。”

“他们很容易就能将丰桥的客货两用车偷出来吗？”

一个警察问道，谷口立刻回答：

“他们考虑到车可能上锁以及取钥匙的麻烦，将另一把钥匙用螺钉固定在保险杠的内侧。事先说好了不会有什么问题。”

直树当然也知道此事。

谷口继续说：

“他们制订了这个计划，但实际上被杀的却是直树。可能是同伙背叛了他。随后，同伙按照直树制订的计划，将他的尸体从大阪运到东京。问题是这个计划。下面请佐山警官介绍这个计划。”

佐山站了起来。他环视了一下会议室后开口道：

“仁科直树用非常刻意的方式制造了当天下午六点之前的不在场证据。他指定的酒店位置也是为了加深别人的印象。而且他还设计好了当天晚上十点让朋友打电话给他。也就是说，仁科准备在六点到十点之间行动。他计划杀人，并将尸体运到某个地点。为此，他准备用的就是那辆客货两用车。仁科设计将尸体运送到第一个地点A，然后他坐新干线回大阪。另一个同伙接着将尸体从地点A运到地点B——应该就是厚木，然后折回。最后，由另一个同伙从厚木将尸体运到东京。”

“最后的同伙就是桥本。”谷口补充道。

佐山点了点头。

“但是，最后仁科却被杀了，他的尸体被人运回了东京。我认为应该是另外两个同伙背叛了他。”

“仁科想杀的人和桥本之外的另一个同伙有线索了吗？”

“很遗憾，现在我所说的也只是推理，没有物证。不过，照此推理，也许可以找到目标。”说着，佐山转向黑板，“还有一个同伙，他也需要制造一个在地点A接手尸体之前的确凿的不在场证据。也就是说，他应该待在离A不远的地方。关于这个地点A，仁科直树准备在十点前将尸体运过来，从距离上来考虑，大概不能比名古屋更远了。”

佐山提出名古屋，是因为他脑子里想着末永。实际上，凶手杀人后要往返于大阪和名古屋之间，四小时是很困难的。对于这一点，佐山认为在制订杀人计划时，直树在时间上已经出现了失误。谷口只是默不作声地听着。

“那当天在名古屋附近的人很可疑吧？”提问的是狛江警局的警察，佐山赞同一般点了点头。“杀直树的凶手还没有特定目标吗？”

“眼下还没有。”佐山回答。

“不可能是雨宫康子吗？”

这是问谷口的。

“有这个可能性。”谷口坐着答道，“那个女人当天请假休息，但也有人认为女人的力气无法做到。”

大家点头表示同意。

这时谷口起身，环顾了一下会议室。

“刚才请佐山警官介绍的是一种推理，是不是事实还不知道。还需要考虑其他可能性。但有一点，某人用丰桥山中制材的客货两用车运送过尸体确实是事实。而且，时间应该是深夜。那个人后来干了什么，是坐别的车回了东京，还是等到早晨坐火车或其他交通工具，顺着这条线去调查的话，我想会有所发现的。”

不错的主意，佐山想。如果是末永，他会怎么做？那个人必须回到名古屋。而且……对了，他要了七点的叫早……

此刻，佐山眼前浮现出丰桥车站前的光景。

9

机器人一只手拿着圆筒，另一只手将一根圆金属杆插到筒里。圆筒的内径比一百毫米大几十微米，圆金属杆的外径则小几十微米，材质为软钢。

这是人无法简单完成的作业。硬要往里插的话，金属杆会卡在圆筒中不能动弹。

布鲁特斯却能轻易地完成这项作业。

它用手指尖上的传感器获取信息，如同熟练工那样驱动轻柔的手指进行操作。

作业完成之后，按下停止键，布鲁特斯便不再动弹。

瞧吧，这是理所当然的。

望着像忠实的家臣那样一动不动的机器人，拓也满意地频频点头。随后，他想起了前几天宗方说的话。那次事故是例外中的例外，机器人对人绝对忠诚。

拓也正思索着这些，有人已经走到门口。来人姓田所，是拓也同一个办公室但晚一年入职的后辈。是拓也叫他来的。

“什么秘密的事？”

拓也从旁边拿过一把椅子，让田所坐下。拓也对田所的评价是，一个学历高但缺乏创意的研究者。自从三年前结婚以后，田所的脑子里想的只是如何维持他的小家庭。

“我想问一下那次直美出的事故。”

拓也一开口，田所便皱起了眉头，他不想回忆这件事。

“那台机器人的程序是你设计的吧？”

“啊。”他露出了警觉的神色。

“发生事故后应该有很多部门找你调查了。”

“是的，安全科什么的。末永先生，您很了解当时的情况吧？”

语气中充满了“事到如今还有什么好问”的意味。

“当时开发企划室没有找你吗？”

“企划室？”

田所一脸惊讶。“没有，没有找我。”

“是这样啊……”

直美出差错，意味着程序出了差错，了解这一情况的直树，至少应该向田所询问一下啊。

“事故发生后，那个程序是怎么处理的？还继续使用吗？”

“不，那是老的程序，用到直美为止。那个程序后来没再用在别的机器人身上。”

这就是说，事故之后，没必要暗地对同一类型的机器人进行改良。

“您为什么问我这些事？”

田所开始发问，有疑问是理所当然的。

“我只是做一下机器人事故问题的研究，没什么大事。”

拓也说了声“谢谢”。田所伺机站了起来，脸上却若有所思。

“我想起来了，那次事故之后过了很长时间，仁科主任来找过我。”他看着拓也说。

“主任？为了事故的事？”

“不是，不是为了那件事。他和你说的一样，为了做机器人事故问题的研究。”

“他问了什么？”

“没什么重要的事。他问我操作人员按下机器人工作的停止键，然后通过程序指挥机器人的手臂，这个过程会不会留下痕迹。他的意思好像是，事后能不能检查操作人员的保全过程。我告诉他如果装上监视器的话应该可以做到。现在的机器人没有装监视器。”

奇怪的问题，拓也想。直树为什么要问这种问题？

“那个主任好像很闲，他大概在考虑如何防止事故的问题吧。”

说着，田所“嘭”地敲了一下布鲁特斯的身体，走出房间。

奇怪的问题。

田所的身影消失后，拓也仍在想他说的话。直树有很多难以理解的举动。拓也咬着拇指，开始整理心中的疑问。

直树在谋杀康子的计划中，除了拓也和桥本之外，安排了同伙 D。并对拓也和桥本隐瞒了 D 的存在。

直树了解直美事故的真相，并且将有证人存在一事报告给了敏树。他为什么要在这个时候帮助一直敌对的敏树？

直树为什么重新开始事故调查？

最后……

“通过程序操作？”

拓也睁开眼睛，握紧拳头，脑海中的图画似乎突然变得清晰起来。

迄今为止从来没有出现过的念头支配着整个思绪。不错，如果顺着这个思路深挖下去，所有谜底便都能揭开……

10

宗方轻轻咳了几下，舔了舔嘴唇。

“刚才警察来找我。”

敏树抬起头来，放下手中的钢笔，做出准备听汇报的姿态。

“他来确认直树先生被杀当天我的不在场证据。那天我去了横须贺的车间。”

“你和我在一起吧？”

“是的，不过，警察的口气是即使有那天晚上的不在场证据也没用，他们好像觉得杀人凶手和运送尸体的不是一个人。”

“嗯，”敏树伸手取过玻璃烟盒，“警察倒也动足了脑子。”

“那是他们的工作。”

宗方等敏树给香烟点上火，因为他不喜欢抽第一口烟时被打扰。白色烟雾从敏树的嘴里吐出来后，宗方接着说：

“还有一件很重要的事。”

“什么？”

“直树先生被杀案发生后，我也和丰桥的山中家联系过，听说警察去找过他们几次。”

“那不是理所当然的吗？”

敏树的脸上露出不耐烦的表情。

“他们主要问他少年时代的事情。不过，据说前几天发生了一件奇怪的事。”

“奇怪的事？”

“是的。警察去查了山中家的老车库。”

“查车？”

“具体过程还没弄清楚，好像是有人用直树先生的车运送尸体。那辆车就在那间车库里放着。”

“什么？”

敏树瞪大眼睛。

“也就是说运送尸体的车是直树先生本人准备的。”

“直树准备的？到底是怎么回事？”

“不知道警察是怎么想的。不过，我认为还是应该做好最坏的打算。”

“最坏的打算……有什么对我们不利的情况吗？”

宗方没有立刻作答，又咳了一声。

“听说直树先生是要问雨宫康子和您的事才把她叫到大阪去的，他不知道她怀孕的事情吗？”

“谁知道。他可能知道。”

敏树粗声粗气地回答。

“如果他知道，很可能他觉得雨宫康子妨碍到了自己。”

“你……”敏树两眼充满怒火，“你想说什么？”

宗方面无表情，小心翼翼地继续道：

“直树先生将雨宫康子叫到了大阪。在那之前他准备好了一辆运送东西的车辆。”

“你是说直树打算杀了康子，还要运尸体？”

“应该还有同伙。那个同伙反过来利用了谋杀雨宫康子的计划，杀了直树先生……”

“莫名其妙。”

敏树出声制止宗方继续说下去，还将很长一截香烟在烟灰缸里捻碎。

“谁编的这么无聊的故事！”

“只是推理而已，捕风捉影的可能性非常大。不过，我想还是告诉您比较好。”

宗方轻轻躬了躬身，这是他离开房间前的习惯动作。

“等等。”他正要转身时被敏树叫住了。

“警察查到什么了？”

“不清楚。他们应该不知道您和康子的事情。只是因为发现了那辆客货两用车，他们认定直树不只是被害者。”

“糟糕。”敏树说，“我们必须采取措施。要让别人知道仁科家的人和凶杀案有关系，好不容易建立起来的MM重工和仁科家族的名声就会毁于一旦。”

“还有一件事。”

“还有什么？”

敏树板着脸问。

“听警察的口气，他们好像认为从丰桥开车出来的人当天就在附近。这样说来，末永有很大的嫌疑。”

“末永……”

敏树歪着脸，望着窗外。过了一会儿，他仍然保持这个姿势，对宗方指示道：

“没有办法，放弃末永。把他和星子的关系一概撇清。”

“明白了。”宗方再次躬身。

“一切从头来过。接班人的事也得从头考虑。”

敏树长长地叹了口气。

“您也打算认下横滨的孩子吗？”

“嗯，是啊，这也是好主意。那孩子今年上初中了。最近见过一次，长得挺精神。”

11

悟郎双手抱着枕头。他将头埋在里面，俯卧在床上，背部波浪般起伏着。

弓绘的手搭在他肩上。他浑身是汗，足见他已尽力。他的身体很热，冒出的汗水看上去甚至会变成热气蒸发掉。

“没关系的，”弓绘面向背对着自己的悟郎说，“有时是会这样的。”

悟郎一句话都不说，保持着那一姿势。弓绘稍稍移动身体，将脸贴到了悟郎脸上。

她闻到了淡淡的机油味。悟郎刚洗过淋浴。对高中毕业后一直在和机器打交道的悟郎来说，或许这种气味已经渗透到他体内了。

悟郎嘟囔了一句。

他的头埋在枕头里，所以声音含糊，弓绘没有听清。“嗯？什么？”她微微抬起脸来。

“对不起，”悟郎的脸离开枕头，“你在笑话我吧？”

“没笑话你。”弓绘说，“有时是会这样的，我在书上看到过。这和人的情绪有关，没关系，你不用往心里去。”

悟郎拿开枕头，抱着头，把头发抓得乱糟糟。

“对不起。”他又嘟囔了一句。

“不要再说对不起了。”

弓绘将嘴唇贴在悟郎的背上，轻轻闭上眼睛。

悟郎向弓绘提出去宾馆是在今天吃完晚饭之后。弓绘抬头看着他时，他立刻挠了挠了鼻子。

“算了。对不起，我说了不该说的话。”

弓绘将目光移到桌上。虽然自己还没下定决心，但也不是不能把它当作一切重新开始的契机，她想。“行。”她回答。

霎时，悟郎觉得自己停止了呼吸。不一会儿，他轻轻呼了一口气。“真的可以吗？”他问。

弓绘点了点头。

对悟郎来说，这样的重新开始进展得却并不顺利。脱了衣服，上了床之后，他的阳具怎么都坚挺不起来。他喘着粗气，吮吸弓绘的肩头，揉着她有点小的乳房，还抚摸了她的下身。但他的阳具仍然没有达到可以做爱的状态。弓绘心一横，用手去帮忙。那玩意儿就像少年的那么短小，疲软得像一颗软糖。在弓绘的抚触下，它有了一点点反应。悟郎顿时兴奋起来，但它立刻又回到了原状。悟郎沮丧得打算放弃。弓绘要用嘴帮他。“没关系。”她说。可悟郎不想在这样的夜晚光由别人为自己服务。

“没关系”这句话也许伤害了他，他突然抓住枕头，扑倒在床上。

“我说……”

悟郎说。弓绘睁开眼睛。“什么？”

“勇二……没有这样过吧？”

弓绘沉默了。悟郎又道歉：“对不起。我并不想提他，我是不是疯了……”

“有过两次。”

弓绘说，悟郎的肩膀猛地抽动了一下。“刚开始的时候，一开始他还一脸自信，到了动真格的时候却不行了。那天，我们就在宾馆睡了一晚。一直到早晨都赤裸着抱在一起……到了早晨做成了。”

“到了早晨……做成了？”

“是啊。所以，稍微休息一下，一定没问题。”

“可是，我不行。”

悟郎朝弓绘转过身来，眼中充满了血丝。“我夜里有事要去实验室。”

“夜里？一定要去吗？”

“嗯，”悟郎点着头，“必须去。”

“是吗？”

“不过，还有些时间，走之前我要一直抱着你。”

悟郎的手臂绕过弓绘的脖子和背，她的脸埋进了他的胸口，轻轻闭上眼睛。

12

晚上十点，佐山和新堂抵达丰桥。他们接到报案，十一月十一日一大早，即仁科直树被害当天，有个男子从丰桥站坐出租车去名古屋。

出租汽车公司的名称是“丰北交通”。佐山和新堂就在办公室里等候那辆出租车的司机。据说那个司机正在去渥美半岛的路上。

“不知他是否还记得，已经差不多过去一个月了。”

新堂将两只手高举在火炉上，神情焦虑地说。

“只有让上帝保佑了。这个行业的人认识很多人，记忆力也非同一般，我看没问题。”

“说得是，我也来祈祷一下。”

接着，新堂又问：

“从丰桥到名古屋……是不是末永？”

“我想是，只可能是他。”

说得很干脆的佐山，只能将赌注押在出租车司机身上。已经弄清楚山中制材的客货两用车运过尸体，到此为止，侦破工作进展还算满意，但是接下来却陷入了困境。尤其是，下手杀直树的人究竟是谁，对此找不到任何线索。警方对相关人员的不在场证据进行了重新排查，但没有结果。更要命的是，所谓相关人员应该包含的范围也无法确定。

凶手会不会完全不在现在的范围内？

仁科家族内部的矛盾、雨宫康子的怀孕、直树的成长过程，除此之外也许还有什么在起作用。

一切只能等抓住末永这个人再说，佐山想。

“好像起风了。”

新堂搓着手说。窗外，纸屑在空中飘舞。每当有司机打开或关上办公室的门时，就有一股冷空气从脚下穿过。

“已经十二月了，你还穿一件薄西服当然冷。用不着在这种时候强调自己年轻吧。”

望着缩着身子瑟瑟发抖的新堂，佐山苦笑道。他已经穿上了大衣。

“我不想‘美丽冻人’，只是没有买大衣的钱。我在考虑，破了这个案子后要不要去二手服装店。”

说着，新堂重重打了个喷嚏。

可能听到了他们的谈话，出租车公司的职员嘴里说着“很冷吧”，随手取出防寒服递给他们。咖啡色防风夹克，还带着毛领。算不上时尚，但确实很暖和。

“太好了，我们慢慢等吧。”

新堂露出了白牙，他将防寒服前襟扣得严严实实，变得像一个雪球。

“谷口班的帅哥这下完蛋了。”

“爱怎么说您就随意吧，得了感冒就得不偿失了。”

“穿上这身衣服，好像五十多岁的老头。”

佐山笑了起来，但立刻打住了。他从新堂的模样和自己开玩笑的话中突然联想到了什么。

“新堂，对买钢笔的人的调查有进展了吗？”

“没进展。那以后就再没什么线索了。”

“说是戴金丝边眼镜、穿夹克的中年人吧？”

“是的。”

“还有一家店呢，在八王子的文具店买钢笔的男青年？”

“那个地方的可能性很小，可能没有去仔细调查吧。怎么突然问起这事？”

“嗯。”

佐山看着窗外的景色思考了一阵，开口道：“那两人会不会是同一个人？”

“同一个人？穿夹克的中年男子和戴头盔的男青年？”

“有件事我觉得挺蹊跷，”佐山说，“现在我们考虑的是，杀直树并运送尸体的一共有三个人。如果桥本被杀是因为同伙之间的内讧，那凶手不是还要杀死另一个同伙吗？这样推理的话，他就应该准备两支钢笔，分别邮寄给两个人。从结果上看只有桥本一个人死了。”

“说得是，穿夹克的男人买了两瓶蓝墨水。他可能觉得在一家店里买两支钢笔太显眼了吧？”

“高一女孩之所以说穿夹克的男人是个大叔，只是从衣服和眼镜的风格上来判断，说不定是个年轻人。”

“您的意思是那人乔装打扮过？”

新堂似乎表示他还不太理解。突然，他“啊”地轻声叫了起来。

“佐山警官，那人穿的夹克说不定是MM重工的工作服。金丝边眼镜会不会是生产车间用的防护眼镜？”

佐山不禁重重吸了一口气，随后在呼出这口气的同时说：

“是公司的年轻职员？”

“是的。只有内部职员才有可能进入热处理车间，带出氰化钾。”

“啪”，佐山拍了一下膝盖。脑子里还无法马上想到符合这一推测的合适人选，明天必须将直树周围的年轻职员排查一遍。

“有意思。”

他一下子振奋起来。

晚上十点四十分，佐山和新堂等的人终于回来了。出租汽车司机姓河田，是个四十开外的男人。他留着中分发型，脸部线条像木刻上的人物那么硬朗。佐山感到这是个品格端正、值得信赖的人。

河田喝了一杯热茶后，来到佐山和新堂跟前。

新堂先进行了确认。他说当天有河田载过那个乘客的记录，是不是还记得。河田回答：“记得。”

“那天的乘客，记得啊。我的车停在丰桥站前，我在打盹。这种时候很少有乘客。突然有人敲玻璃窗把我叫醒了，还把我吓了一跳呢。”

“听说去了名古屋？”新堂说。

“不错。他说去名古屋车站，我还以为他要去赶名古屋发车的头班电车呢。”

“你们在车上交谈了吗？”

“好像没有。”

“听说是个男青年？”

“是比我年轻，但不是学生。”

佐山看了一下新堂，新堂用眼神回应。

“您记得那个客人的长相吗？”

司机犹豫了一下。“嗯……没把握。”

“给您看相片能想起来吗？”

“大概能想起来。不过，没把握。”

新堂把手伸进防寒服里面的西服口袋，取出一叠相片，是各种长相的男人。新堂一张一张让河田看。“觉得像的话请告诉我。”

河田的手最初停在警视厅搜查一科的年轻刑警的相片上，接着是没有名气的演员，最后停在了末永的相片上。佐山的心“扑通”地猛跳了一下。

“也有点像这个人。”河田拿着末永的相片低声说，“不过……不好说。”

虽然希望他能断定，但恐怕很难。即使这样，也有了十足的收获。

“没发现那个乘客有什么特征吗？”

新堂收拾着相片问道。

“特征……”

河田歪着脑袋。“啊，我想起来了，我把最重要的事情忘了。”。

“什么？”

“伤疤。在这儿。”

河田让两个警察看自己的左耳，他耳根下有一条缝过针的疤痕。

“是出事故后留下来的，年轻的时候。那个乘客正好与我相反，他的右耳根有一条伤疤，大概两厘米左右吧。他下车时我偶然看到的。我记得当时还觉得挺好奇，他和我相反。”

13

就在拓也将保时捷停在公寓大楼的门口时，“哎呀”一声，星子的手触到了他的右耳。拓也的脚离开刹车踏板。“怎么了？”他问。

“这儿有一条伤疤，从来没注意到。”

“啊”，拓也应了一声，用头发将伤疤盖住，“一直盖着的，理发后能看见。”

“那伤疤怎么回事？是留给坏孩子的纪念？”

“差不多吧。”

他想起了留下这条伤疤时的情景。阴暗窄小的屋子里，身穿脏衣服的自己，被喝醉了的父亲一脚踢开，撞到了柱子上。

人与人是不平等的，从出生那一天起就分好了等级。自己在最底下那层。最底层的人要拼命往上爬，所以就会去杀人……

和星子接吻之后，拓也下了保时捷。星子坐到驾驶座上，“再见”，她摆了摆手。拓也也挥了一下手，站在那里，直到星子的车消失得无影无踪。

在那之后他并没有回家，而是去了公寓停车场，坐上了自己的丰田 MR2。他发动引擎，上了与刚才保时捷疾驰而去的相同的路。

弓绘在床上睁开眼睛时发现旁边已经没人了。她坐起身，喊道：“悟郎。”但没有人应答。

她赤裸着下了床。旁边的桌上放着一个白信封。信封上写着“对不起 悟郎”。

弓绘的心跳变得急促起来。她打开信封。整整三页纸上写满了文字。她看了第一页后立刻号啕大哭起来。

这天夜里，MM 重工实验楼里没有人工作。拓也知道这一点，才特意选择了这个地点。

三楼是机器人实验室。他已经在白天将这里的钥匙带出来了。进了房间后，他打开主电源，荧光灯亮了起来，他听到了似乎从地底下发出的声音。

拓也走到布鲁特斯身边，打开这个忠实家臣的电源。他试着启动了一下它的手臂，手臂像鞭子一样灵活。

拓也听到了脚步声。他手里拿着布鲁特斯的控制器，循声望去。

酒井悟郎站在那里。

“你好，”拓也爽朗地招呼道，“欢迎光临。”

悟郎并不出声，一动不动，两眼直直地望着拓也。

“不过来坐吗？”

拓也指着身边的椅子。悟郎好像没有过来坐的意思。

“找我有什么事？”

悟郎终于开口了。

“事情嘛……”拓也放下手中的机器人控制器，“先让我确认一下事实，说得不对的地方请指正。”

悟郎轻轻点了点头。

“那我开始说了。首先是你犯下的第一条罪状，你杀了高岛勇二。没错吧？”

一瞬间，悟郎垂下眼，但马上意识到这样做太愚蠢了，他抬起头来，两眼直视拓也。

“是的，你说得不错。”

弓绘迅速穿衣，眼泪还在不断往外涌。必须赶快，她想，我不能以这种方式结束一切。

我杀了勇二——她脑海里又跳出了悟郎信上的第一段话。她的心被这一句话撕得粉碎。

我一直喜欢你，很久很久以前就开始了。但自从我进了公司，遇见勇二，并将他带回群马县的老家后，我的梦想就一点点破碎了。因为你和勇二相爱了。你进MM重工，一定也是为了和他在一起吧。但愚蠢的我并不知道这一点，还为此兴高采烈。更愚蠢的是我还邀你约会。后来我才知道这一切，是勇二亲口告诉我的。他说打算和你结婚。

弓绘仍然清楚地记得当时的一切，那是自己最开心的一段时间。正因如此，勇二的死，是她人生中经历的最悲痛的事。

我之所以痛恨勇二，还有一个理由。你也知道，我俩在只有机器人作业的无人车间里干检修工，白班和夜班两班倒。每天、每天都只和机器打交道，根本算不上是人做的工作。我们两个都希望调动岗位。但是，我得到的消息是，上面只批准了他一个人的申请，因为他不久要成家了。没有其他理由。勇二得到了你这样的天使，并且还将因此过上人的生活。而我呢，什么都没得到，还要继续过着看不到尽头的与机器打交道的生活。我开始想，只有让他去死。

弓绘出了宾馆，拦了一辆出租车，说："去 MM 重工。"出租车司机一言不发地发动了引擎。

一定要赶上，她祈祷着。

我杀死勇二也许不只是因为忌妒。说实话，那段时间连我自己都没有把握我究竟是不是正常。我究竟是谁？这个每天、每天只和机器人打交道的男人。我就像梦游似的杀了勇二。

"高岛勇二在巡查的时候，你悄悄靠近机器人并关闭电源，等高岛来检修时你又启动机器人，把他杀了——是这么回事吧？"

悟郎沉默不语。拓也理解为他默认了。

"动机呢？是为了女人吧。倒是个有点可爱的女孩。我跟踪你了，发现你和她约会时吃了一惊。那一瞬间我确信自己的推测没错。"

悟郎还是不出声。拓也继续说：

"有人知道你干的事。就是仁科直树。你被他撞见了？"

"离开车间时被他撞见了。"此时，悟郎开口了，"那人凑巧来了解夜里生产的情况。"

"原来如此，算你倒霉。"说到这里拓也停了一下。"不，被他撞见没准是你走运，"他订正道，"因为他命令你干了别的事。他让你说白天机器人也出现过同样的差错。而你别无选择，只有照着他的命令说。"

自己很能理解直树的想法，拓也想。直树痛恨他父亲所做的一切，因此，他要通过机器人的失灵来折磨仁科敏树。

“直树对你采取了糖果加皮鞭的策略。糖果是帮你调换工作岗位，皮鞭是要你服从他的命令。为了让你更好地听他指挥，他把中森弓绘调到自己身边。不过，从弓绘的话里听出来，直树对她还是有点愧疚感的。他对你下了很多命令吗？”

悟郎摇了摇头。

“最终只接到一个命令。”

“是杀了雨宫康子吗？”拓也问，“你也要变得狡猾点才行啊。你想想，你杀了高岛这件事，最后只以事故打发了。你完全可以无视他的命令。”

“但如果警察问起……”

“你装作不知道就行了，他们没有证据。我教教你吧。实际上，仁科直树也在为没有证据犯愁呢。所以他才要彻头彻尾地查这件事，为了找到证据。但他根本找不到。”

悟郎脸上露出了懊丧的神情，但立刻又消失了。见状，拓也说：

“告诉我细节，仁科直树是怎么命令你的。”

“细节？”悟郎皱起了眉头。

“是啊。我看了你的出勤卡，只有那天上班时间是错开的。你中午下班。看来仁科也想到了，特意选择那天来实施他的计划。你离开公司后马上去了大阪，不是吗？”

悟郎点了点头。

“他告诉我在新大阪车站的停车场里停着一辆写着‘山中制材’的客货两用车，钥匙就藏在车后的保险杠内侧。他让我找到车之后，五点前去地下咖啡馆，康子就等在那里。我装成接她，把她骗到客货两用车上，在没人的地方把她杀了。然后，我开车上名神高速，在名古屋服务区附近的空地上把车扔掉——这就是他的命令。”

“空地？”拓也追问了一句，“不是停车场？”

“对。”悟郎回答。

怎么回事？拓也想。与约好的地点有出入。他将信将疑。

“但是，你没按他说的做。你想的是，一样是杀人，还不如杀了手里抓着你把柄的仁科。”

悟郎默默点头。

“你是在什么地方下的手？”

“在他指定的扔车地点，我盖着毛毯等在那里。他来了，可能以为我就是尸体吧。他坐到驾驶座上后，我从背后袭击了他，用尼龙绳把他勒死了。”

原来如此，拓也明白了。直树让悟郎将康子的尸体运到名古屋服务区附近，他自己则慢悠悠地坐新干线随后抵达。他打算从那里用客货两用车将尸体运到与拓也约定的地点。实际上，他可能想让悟郎直接将尸体运到与拓也交接的地点，但又怕两人照面。

而且，直树本人一定是打算坐新干线回大阪，在十点前后制造自己的不在场证据。

因此，在拓也和桥本知道的计划中，直树的空白时间是六点至十一点，而实际上缩短到了六点至十点。万一拓也或桥本被抓后供出计划，他也可以证明和自己无关。他一定是为了创造这样的条件，才用上了扑克牌魔术。

“这么说你在杀了仁科直树后发现了我们的联合署名？”

“还有一张画着和你交接客货两用车地点的图。说实话，当时我吓了一跳。我没想到在他的杀人计划中还有另外两个同伙。”

“所以你把尸体运到了地图上画的地点。”

“我想不出其他办法。”

“拜你所赐，把我搅了进来。”

拓也慢慢站起身子。基本上和自己的推理一致。这已经足够了，其他都不是问题。

“杀桥本的也是你。你看到联合署名后，以为我们也知道你的秘密吧？”

“我干了对不起桥本先生的事。”悟郎说，“可是，他也参与了杀人计划，这应该就是他的命吧。”

“说得不错。”

拓也话音刚落，悟郎举起了角铁。

一下出租车，弓绘便跑进了侧门。这个时间照理不会有女职员进出，但门卫并没有叫住她。

实验室……他说实验室。

在公司里只干些事务性工作的弓绘从来没有来过实验室。她很迷茫，但还是跑着。

那时，我疯了。让我发疯的是在那个大楼里制造机器人并为之欣喜若狂的家伙们。小绘，就像你说的那样，那些家伙疯了。我看见那个姓末永的研究员和机器人的脸贴在一起。那些家伙毁了我的人生。

将悟郎叫来这里，瞅准机会，用布鲁特斯杀了他——这是拓也的计划。然后再证明，是自己叫悟郎来帮忙做实验，但悟郎好像趁自己不注意时动了机器人。

但现在不是考虑这些的时候。悟郎挥舞着角铁，击中拓也腿部，拓也跪下，无法站立起来。角铁又冲着头部砸下来，拓也勉强躲开了。角铁打在什么零部件上，随着一声沉闷的声音，零件飞了起来。

“你杀了我，自己也跑不了！”

拓也喘着粗气说。右腿剧烈疼痛，他只能依靠手臂和左腿躲闪。

“我知道，”悟郎说，“我不想跑。我只想杀了你。”

悟郎又冲了过来。可是，这次拓也运气不错，角铁在砸到他身体之前，撞上了旁边的机器人。刺耳的碰撞声响起，角铁朝反方向飞了过来。悟郎的肩膀一阵剧痛，他膝盖着地跪了下来。

拓也乘机扑了上去，两手掐住悟郎的脖子。悟郎使足全身力气，右脚向拓也的腹部踢去。拓也猛地向后倒去。就在这一刹那，一把大号扳钳映入了拓也的眼帘。他迅速抓起扳钳，几乎与此同时，悟郎扑了过来。

拓也拼命挥舞扳钳。扳钳的前端恰好砸中悟郎的前额，他的额头顿时裂开一个大口子。悟郎双手捂住脸，鲜血从指间流出，立刻蹲了下来。

拓也又照准悟郎的后脑勺砸了下去，悟郎发出了野兽般的狂叫。

弓绘花了不少时间才找到实验楼入口，哪里都上了锁，无法进入。好不容易找到了一扇开着的门，她一进门便径直向电梯跑去。可她不知道悟郎在哪一层，只好跑向楼梯，边跑边喊着悟郎的名字。二楼没有，楼层里一片漆黑。她又上了三楼，看见了明亮的灯光。她跑进房间，喊着悟郎。

她似乎听到了响声，继续往里跑了几步。房间里放满了机器人，就像一个巨大的墓地，身材矮小的女人无法顺畅地通过。

她往里走了几步，倒吸了一口凉气。有人倒在地上。她花了两三秒才认出是悟郎。他俯卧在地，浑身是血。

“悟郎！”

弓绘跑上前。此时，机器人身后出现了一个男人的身影。就在弓绘尖叫的瞬间，她被那人一把抓住了胸部。那人的力量非常大，恐惧中她看清楚了男人的脸。扭曲的脸形，从来没见过的男人。不，在哪里见过。最近见过和这个男人很像的人。

男人掐住了她的脖子。我要被他杀了，弓绘想。

拓也掐住女人细细的脖子。我究竟要干什么？他想。不是一切都顺利，一切都在自己的掌控中吗？可我正做着无法挽回的事。我杀了酒井悟郎，还要杀这个女人。

哪里出错了，拓也内心嘀咕着。我一定是在做噩梦。到了明天，一切都会回归平常，等着我的只有未来。好像谁说过，从此就能生活在灿烂的阳光下。

这个女人是谁？我在干什么？我为什么掐着她的脖子？

接下来的瞬间，拓也的脖子感到了一股强烈的冲击，他顿时松开了掐住弓绘脖子的手。从拓也指尖挣脱出来的弓绘，弯着腰剧烈地咳嗽起来。

拓也回过头去，与此同时，他的脖子感到了冰冷的寒意。布鲁特斯的手掐住了他的脖子。他看到悟郎趴在地上，手中握着控制器。

“你在干吗，布鲁特斯……”

在他嘟囔的同时，脖子上黑色的金属手指轻轻动了起来。脖子被捏紧的感觉只持续了短短一瞬。

白色的光线从拓也眼前掠过，瞬间消失了。

图书在版编目(CIP)数据

布鲁特斯的心脏/〔日〕东野圭吾著；赵仲明译.
—2版.—海口：南海出版公司，2014.10
(东野圭吾作品)
ISBN 978-7-5442-7467-8

Ⅰ.①布… Ⅱ.①东…②赵… Ⅲ.①长篇小说—日
本—现代 Ⅳ.①I313.45

中国版本图书馆CIP数据核字(2014)第229410号

著作权合同登记号 图字：30-2010-015

布鲁特斯的心脏
〔日〕东野圭吾 著
赵仲明 译

出　　版　南海出版公司　(0898)66568511
　　　　　海口市海秀中路51号星华大厦五楼　邮编 570206
发　　行　新经典发行有限公司
　　　　　电话(010)68423599　邮箱 editor@readinglife.com
经　　销　新华书店

责任编辑　张　锐
特邀编辑　黄莉辉
装帧设计　宋　璐
内文制作　王春雪

印　　刷　河北鹏润印刷有限公司
开　　本　890毫米×1270毫米　1/32
印　　张　8.5
字　　数　190千
版　　次　2013年1月第1版　2014年10月第2版
印　　次　2024年6月第20次印刷
书　　号　ISBN 978-7-5442-7467-8
定　　价　35.00元